A. MARTÍN DE LUCENAY

LOS RITOS SATÁNICOS
el Gran Cornudo y las brujas

Angel Rodríguez Ph.D.
(Editor)

Copyright©2019 Editorial Nuevo Mundo
Todos los derechos reservados

COLECCIÓN METAFÍSICA
Editorial Nuevo Mundo
San Juan, Puerto Rico

Si desea mantenerse informado sobre nuestras publicaciones, sólo tiene que enviarnos su nombre y dirección a: Editorialnuevomundo@hotmail.com

© 2019, Editorial Nuevo Mundo

ISBN-13:978-1-08-698721-8
ISBN-10: 1-08-698721-7

Texto literario, diseño tipográfico, portada realizados por Editorial Nuevo Mundo

Reservados todos los derechos de la siguiente recopilación. El contenido de esta obra está protegido por Ley. Queda terminantemente prohibido bajo las sanciones escritas en las leyes de todo plagio, reproducción total o parcial y el registro o la trasmisión por cualquier medio o procedimiento técnico, mecánico, electrónico o digital y la distribución de ejemplares o partes de la misma mediante alquiler o préstamos públicos sin permiso previo solicitado por escrito del titular del Copyright. Esta recopilación cumple con la Ley Núm. 11.723. Art 5 según enmendada el 18 de octubre de 1989 y con la ley U.S. Code: Title 17: Sección 104A.

A. MARTÍN DE LUCENAY

LOS RITOS SATÁNICOS
el Gran Cornudo y las brujas

INDICE

	Pág.
PROLOGO DEL TEMA	5

EL GRAN CORNUDO Y LAS BRUJAS

El origen de Satanás.—Los ángeles malos.—El dragón apocalítico.—La monarquía infernal.—Satanás y los secretos de tocador.—Las particularidades fisiológicas del diablo.—Sus goces sexuales.—Iniciación satánica.—Los aquelarres.—El "ungüento de las brujas".—Su vehículo.—Matrimonios de brujos.—La cola del diablo.—El homenaje amoroso a Satanás.—Cenas a la americana.—La razón social de los aquelarres.—Los placeres infernales 9

LOS AMORES SATANICOS

Lo que niega el cielo lo prodiga el diablo.—Incubos y súcubos.—Misión erótica de estos personajes.—El fruto de los amores satánicos.—Las conversiones de Satanás.—La amante del demonio.—El adulterio infernal.—La casada donostiarra.—La setentona lúbrica.—La impotencia de los maridos.—Balbán y la monja cordobesa.—La perversión sexual de Satanás.—Conquistas satánicas.—Hijos del demonio.—Adán, Eva y Belial.—El sucubado 25

EL BESTIALISMO SATANICO

Antecedentes mitológicos del bestialismo infernal.—Los animales gratos al príncipe de los infiernos.—La transformación de las brujas.—Como eran Asmodeo, Belzebuth y Astaroth.—Los ayuntamientos entre las personas y los animales.—La bruja de la Selva Negra.—Sus amores con un lobo.—La bruja loba.—La novicia convertida en perro.—El maleficio de las cabras.—Lo que dicen los campesinos.—Los gabinetes de los brujos.—Gatos y otros animales 41

LAS MISAS NEGRAS

La obsesión de la fe.—Las ceremonias de los maniqueos.—La parodia de la misa cristiana.—Su origen. La reina del aquelarre.—Cómo se celebran las misas negras.—El agua infernal.—Descripción de una misa. La "hostia de amor".—Los oficiantes.—La doctrina de Beccarelli.—El cura Guibourg.—Una misa satánica en tiempos de Luis XIV.—Catalina de Médicis.—Las orgías satánicas.—Misa negra moderna.—Reuniones de sádicos 51

EMBRUJAMIENTOS, FILTROS Y BEBEDIZOS INFERNALES

El verdadero sentido de la Magia Negra.—Sus métodos y sus hombres.- Entre la lujuria y la muerte. El embrujamiento.—La figura de cera.- Difusión de esta práctica mágica.—Los maleficios de los congoleses.- El haz de leña y el retrato.- Un brujo moderno. La manzana de Eva.—Las recetas de San Cipriano. Para lo que valen los sapos.—Cómo se causa el "mal de ojo". Los afrodisíacos y los venenos.—Las composiciones de los brujos 67

LA LUCHA CONTRA LOS HECHICEROS

La Iglesia contra Satanás.—La reina Constanza y su confesor.—La justicia de la Inquisición.- El atentado contra Luis XV.—Un proceso célebre.—El diablo regicida.—El tormento de los "brodequines".—Ejecución de Damiens.—El descuartizamiento.—La gota de agua.- La prueba del estanque.—Las estaquillas entre las uñas.—Martirios sexuales.—Un tratado del martirio.—Los autos de fe.—El exorcismo.—La intervención de la ciencia 79

PAUTA DE LAMINAS

PÁGS.

LAMINA I
Las Tentaciones de San Antonio... 32

LAMINA II
Oficio Satánico... 33

LAMINA III
La reina del aquelarre... 48

LAMINA IV
Una musa negra moderna... 49

A. MARTÍN DE LUCENAY

LOS RITOS SATÁNICOS
el Gran Cornudo y las brujas

El Gran Cornudo y las brujas.-Los amores satánicos.-El bestialismo satánico, filtros y bebedizos infernales. - La lucha contra los hechiceros

Xilografía representando a Satanás en su trono, abordando las Brujas y brujos se reunieron para el sábado del Compendium Maleficarum (1608)

Xilografía que muestra a una bruja montada sobre una cabra, que representa al diablo, a través del cielo, haciendo que la lluvia caiga de las nubes. De Francesco Maria Guazzo (1500-1600). Compendium Maleficarum. Siglo XVII.

4

... pisotean la Cruz... Tomado del *Compendium Maleficarum* (1608)

PROLOGO DEL TEMA

El aspecto más impresionante y terrible de la Magia es la relación de esta ciencia con los seres infernales que algunos autores consideran anteriores a Dios y a los hombres y, por lo tanto, eternos. La Iglesia admite la influencia de los demonios exactamente lo mismo que la de las divinidades superiores, hasta el extremo de que unos y otros actúan en competencia, unos con el propósito deliberado de hacer el mal y otros con la sana intención de prodigar el bien a manos llenas. No vamos a meternos aquí en esas honduras como no sea de pasada y en tono de comentario, aunque sí hemos de conceder al asunto toda la importancia que merece y que tiene además, especialmente en lo que se refiere a la sexualidad.

No obstante los demonios, con Satanás al frente, rey del Infierno, fueron vencidos por el arcángel San Miguel. Entonces fué cuando a tan malvados personajes les salieron cuernos, garras, rabos, alas y toda esa suerte de raras cosas que sirven para su infernal ornamentación, y, sobre todo, lo que parece que con más rara propiedad se les desarrolló fué el miembro viril, que en algunos alcanzaba—y alcanza—proporciones desmesuradas, que fascinaban a las mujeres, como si esta característica fuera la más importante de las emociones que inspiraba el culto satánico.

La misión primordial de Satanás y toda su innumerable tropa de demonios estriba en tentar a los hombres y a las mujeres para que cometan el pecado de la carne: el Mundo, el Demonio y la Carne son tres cosas al parecer distintas, pero en realidad una sola y verdadera: el pecado. Y el pecado, según la Iglesia, no es, en resumen, más que el de la cohabitación "ilegal", entendiendo por "ilegal" a la conjunción de dos personas de diferente sexo fuera de las estrechas vías legales que se imponen a los buenos creyentes cristianos.

Pero dejemos a la religión "buena" a un lado y metámonos con la "mala", la de Satanás, la de los demonios, duendes, trasgos, brujas y demás distinguida gentuza, aunque a decir verdad resulta punto menos que imposible dejar de referirse a la religión "buena", ya que ambas van íntimamente unidas en estas cuestiones de la alta magia más o menos cabalística o infernal.

Y ya que de magia hablamos, después de haber visto lo que se dice en los dos volúmenes anteriores, especialmente en el último, no cabe duda que esos ritos eran bellos algunas veces, otras muy graves y las más—después de la perspectiva de los siglos—, sencillamente jocosos. Mas hay otra parte de la magia, la "Goecia", que ya no se presta a la broma. Si en la anterior se ha visto que los enamorados se valen de múltiples recursos para lograr sus fines, siendo el fin el amor, los medios no pueden consistir en lo que afecta a la esfera de la muerte, aunque la muerte y el amor vayan a veces tan unidos. Pero todo lo que tiene de bello la magia amorosa que hemos estudiado, con el lenguaje de las flores, de las piedras preciosas, de Venus, de los filtros, de los amuletos, etc., es de espeluznante y brutal la magia goética, la magia negra, en la que las flores son sustituidas por los venenos más violentos, por el puñal, por los cadáveres, por las violaciones, por todo lo que hay de espantoso e inmoral, de horrible y de repugnante.

No se invoca al Dios bueno, sino al Satanás infernal, para invocar al amor, para satisfacer los lúbricos deseos de los fanáticos, para alimentar las pasiones de las gentes que practican la ciencia maldita del mal y del odio. Se huye de la diáfana luz del día para sumirse en las profundidades tenebrosas de las cavernas más inmundas. Los ritos se celebran en subterráneos, en cementerios, en depósitos de cadáveres, en las ruinas pavorosas de viejos conventos y castillos, en los sitios donde se levantan los patíbulos, en los lugares en que se cometiera algún asesinato, en las llanuras desoladas, en las noches más lúgubres, bajo un cielo negro, sin luz, pavoroso, bajo el fragor horrísono de las tormentas...

Con toda esta decoración tenían lugar los aquelarres, los ritos sexuales en honor de Satanás, en los que intervenían los demonios, las brujas, las mujeres y los hombres; esas célebres orgías sabáticas, esas famosas misas negras en las que se verificaba la comunión de la sangre, se adoraba—lo único bello—a una hermosa mujer desnuda y se comulgaba con una hostia amasada con sangre menstrual y empapada en semen humano y en secreciones vaginales de mujeres enfermas.

El satanismo es la más elevada manifestación de la alta magia, porque la parte más interesante era el amor, y Satanás representa el ardor inextinguible de la lujuria, del placer y de la carne. Tuvo la magia, no cabe duda, otros aspectos distintos; pero a Satanás y a su gente y a sus adoradores no podía interesarles nada más que todo lo que se relacionase con los violentos deleites del sexo. Los magos goéticos no invocan otras divinidades que aquellas que están especializadas en la ciencia del mal y en la incrementación de los peores vicios, y por si esto fuera poco, conocían todos los venenos que administraban a diestro y siniestro, por si acaso se le olvidaba al diablo algún detalle necesario para sembrar a la perfección el pánico y la muerte, al mismo tiempo que tienen lugar todas las aberraciones erótico-místicas de los adeptos, seres humanos auténticos, que han existido, y que vivieron posesos de una extraña locura sexual, que fué tanto como la religión más pura.

El Diablo devorando niños

EL GRAN CORNUDO Y LAS BRUJAS

> El origen de Satanás.—Los ángeles malos.—El dragón apocalíptico.—La monarquía infernal.—Satanás y los secretos de tocador.—Las particularidades fisiológicas del diablo.—Sus goces sexuales.—Iniciación satánica.—Los aquelarres.—El "ungüento de las brujas".—Su vehículo.—Matrimonios de brujos.—La cola del diablo.—El homenaje amoroso a Satanás.—Cenas a la americana.—La razón social de los aquelarres.—Los placeres infernales.

No discutamos el origen de Satanás más que en lo que conocemos según las Escrituras y lo que posteriormente fué su culto, que se observó en los tiempos antiguos en todos los países, dándole imágenes diferentes y nombres diversos y que no son más que denominaciones distintas relativas a un ser único de universal prestigio.

Una de las primeras trastadas que cometió Satanás fué la faena que hizo realizar en el Paraíso a Adán y Eva; entonces se llamaba Asmodeo, y si es cierto que Dios era el Rey de la creación, Asmodeo es uno de los infinitos hijos de... Dios que viven en la tierra; lo más extraño es que Asmodeo resulta que no tiene madre o es hijo de madre desconocida.

En la Biblia no se encuentra ningún dato relativo a la creación de los demonios, aunque algunos antiguos autores, como Orígenes, Apuleyo, Manés y otros hacen eterno a este personaje infernal. Se le estima como el principio del mal, de la misma manera que Dios lo es del bien. "Dos medios tan sólo hay para ser padre—dice el doctor Escalante copiando a Manés—: la vía de la generación y la de la creación. Si Dios es el padre del diablo por la vía de la generación, el diablo será consubstancial de Dios; esta consecuencia es impía; si lo es por la de la creación, Dios es un embustero; he aquí otra infame blasfemia. El diablo no es, pues, obra de Dios; en este caso nadie le ha hecho; luego es eterno, etc."

Existe una enorme confusión acerca del origen de los demonios, siendo de notar que todos los pueblos, en todas las religiones, se considera a estos personajes mucho más antiguos que los dioses buenos y los hombres. Los autores musulmanes que escribieron sobre la teología islámica, lo mismo que los judíos, creen que cuando Dios hubo criado el Infierno y a los demonios les dió el encargo de vivir en las nubes con la misión particular de atormentar a los malvados. Pero esta hipótesis resulta inadmisible, pues según esos datos los hombres no habían sido creados aún; por lo tanto, no podía haber malvados.

Los teólogos, que algunas veces parecen ser hombres de buena fe, tampoco son más afortunados, y, por lo tanto, es difícil atenerse exclusivamente a sus explicaciones, tan poco satisfactorias. Ahora bien; lo que desde pequeños conocemos todos, según la Historia Sagrada, es la definición siguiente, que reproducimos de Escalante: "Dios había creado nueve coros de ángeles: los Serafines, los Querubines, los tronos, las dominaciones, los principados, las virtudes de los cielos, las potestades, los arcángeles y los ángeles propiamente dichos. Al menos, así lo han decidido los santos padres más de mil doscientos años ha. Toda esta celeste milicia era pura y jamás inducida al mal. Algunos, no obstante, se dejaron tentar por el espíritu de la soberbia; atreviéronse a creerse tan grandes como su Creador y arrastraron en su crimen a los dos tercios del ejército de los ángeles. Satanás, el primero de los serafines y el más grande de los seres creados, se había puesto a la cabeza de los rebeldes. Desde mucho tiempo gozaba en el cielo una gloria inalterable y no reconocía otro señor que el Eterno. Una loca ambición causó su pérdida: quiso reinar en una mitad del cielo y sentarse en un trono tan elevado como el del Creador. Dios envió contra él el arcángel San Miguel, con los ángeles que permanecieron en la obediencia; una terrible batalla dióse entonces en el cielo. Satanás fué vencido y precipitado al abismo con todos los de su partido. ("Y fué hecha una grande batalla en el cielo: Miguel y sus ángeles lidiaban contra el dragón, y lidiaba el dragón y sus ángeles." "Y fué lanzado fuera aquel gran dragón, la serpiente antigua, que se llama Diablo y Satanás, el cual engaña a todo el mundo; fué arrojado en tierra, y sus ángeles fueron arrojados con él." (*Apocalipsis*, cap. 12, versículos 7 y 9.) Desde este momento la hermosura de los sediciosos se desvaneció; sus semblantes se oscurecieron y arrugaron, cargáronse sus frentes de cuernos, de su trasero salió una horrible cola, armáronse sus dedos de corvas uñas, la deformidad y la tristeza reemplazaron en sus rostros a las gracias y a la impresión de la dicha; en fin, como dicen los teólogos, sus alas de puro azul se convirtieron en alas de murciélago, porque todo espíritu bueno o malo es precisamente alado."

Después de la descomunal batalla Dios desterró a los ángeles rebeldes, colocándolos en un mundo desconocido, aunque se dice que habitan en el interior de la tierra, en un pueblo construido entre la masa ígnea que son los intestinos de la bola cuya corteza habitamos. Pero los autores religiosos pretenden colocar el infierno en sitios diversos. San Atanasio dice que viven en el aire; San Próspero afirma que en las nieblas del mar; San Patricio los vió en Irlanda, etc.; no hay medio de ponerse de acuerdo.

Sea como fuere, el caso es que la existencia de toda esta gentecilla ha sido admitida por entidades tan respetables como la Iglesia, y que su misión exclusiva es hacer el mal. San Cipriano declara: "Hay espíritus malignos y vagabundos que han manchado toda la hermosura de su nacimiento con las impurezas del mundo. Estos miserables, después de haber perdido las ventajas de su naturaleza y de haberse encenagado en los vicios, tratan, para consolarse, de precipitar a los demás." Pero Bodin, en su *Demonología*, especifica más claramente su eficacia: "Todos los hebreos están conformes en que el diablo, por permiso de Dios, ejerce un gran poder sobre las partes genitales y sobre la concupiscencia." Con referencia a la mitología griega, el Satanás es Pan, es decir, Gran Cornudo, que es y ha sido siempre el príncipe de los demonios *incubos* que cohabitan con las mujeres, y Lilith, la princesa de los demonios *súcubos*, que se entregan con los hombres a toda clase de perversidades del impulso sexual. (Lámina I.)

La *monarquía infernal* es abundantísima y casi incontable, pues está compuesta de los siguientes personajes:

1.º Belzebouth, emperador de las legiones diabólicas, o sea el Gran Cornudo por mal nombre, y Satanás, por derecho propio.

2.º Siete reyes, que son: Bael, Pursen, Byleth, Paymón, Belial, Asmodeo y Zapán, que reinan en los cuatro puntos cardinales.

3.º Veintitrés duques, diez condes, once presidentes y algunos centenares de caballeros.

4.º 6.666 legiones, formadas cada una de 6.666 diablos, lo que arroja un total de 44.435.556 individuos "acreditados", si no nos hemos equivocado en la multiplicación. Entre esta gente había mujeres, o sean las distinguidas brujas que acostumbraban a danzar en los aquelarres, especialmente los sábados, lo mismo que en nuestros tiempos hacen las prostitutas de provincias.

Pero, aparte de todas esas inmensas legiones, dice Collin de Plancy que "hay también millones de espíritus subordinados a los principales, y es completamente inútil citarles, a causa de que sólo se valen de ellos los espíritus superiores cuando a éstos les conviene que les sustituyan y ocupen su puesto para lo que quiera que fuese". Es casi seguro, por otra parte, que en el reino infernal haya más gente que en el celestial.

Las principales personalidades de las milicias satánicas especializadas en las cuestiones del amor que forman el protocolo infernal, son Lucifer, Belzebouth y el gran duque Astaroth, los cuales tienen poder reconocido en todos los aspectos. A las inmediatas órdenes de estos magnates está el gran general Satanás, el cual "tiene las delicadas y envidiables funciones de someter a todas las mujeres y de hacer con ellas lo que quiere". Satanás tiene un Estado Mayor en el que figuran otros jefes secundarios, entre ellos Sindragasum, que dispone de la facultad de "hacer bailar a las mujeres mundanas".

Según Tertuliano, los ángeles rebeldes secuaces de Satanás—que tiene diversos nombres—, y que se entregan con preferencia a la entretenida tarea de seducir a las mujeres, son los inventores de las ciencias mágicas, de los maleficios y de los encantamientos, así como de los más voluptuosos artículos de tocador. "Fueron los ángeles rebeldes los que hicieron conocer a los hombres estas producciones terrenas. Luego, el trabajo y la industria, juntamente con su rareza, las ha hecho mucho más preciosas por virtud de la loca pasión de satisfacer el ansia de lujo de las mujeres. Según el testimonio de Henoch, Dios ha condenado a eternas tinieblas a los ángeles malos por haber revelado el secreto de estas cosas dañinas: quiero referirme al oro, la plata y las obras que con ellos se ejecutan, y sobre todo por haber enseñado el arte de pintar el rostro y las telas que sirven para vestir. (*Sobre el adorno de las mujeres.*)

El diablo era un personaje que parecía ejercer una singular atracción sobre las mujeres, las cuales se sentían fascinadas por sus encantos. La figura de Satanás se representa de varias formas, a cual más raras: en la Biblia le vemos como "un grande dragón bermejo, que tenía siete cabezas y diez cuernos, y en sus cabezas siete diademas"; otras veces es un monstruo con cuerpo humano, cabeza de macho cabrío, de lobo o de perro; otras tiene rostro humano, con la nariz muy afilada y provisto de cuernos y un rabo retorcido y enorme; algunas es un tipo esbelto, con rostro de sátiro, pero no feo del todo... Tampoco se ponen de acuerdo los que han visto a este personaje, especialmente las mujeres que tuvieron relaciones carnales con él.

Pero lo más "interesante" de la anatomía especial del Gran Cornudo era su miembro viril. Algunos autores dicen que era un órgano de gran tamaño, dividido en tres ramas con sus tres glandes correspondientes, cada una de ellas destinada a ser introducida en la vagina, en el ano y en la boca de las mujeres, "de suerte que se procuraba al mismo tiempo un triple espasmo".

—Ciertos demonólogos opinan que para satisfacer sus insaciables deseos eróticos, el Gran Cornudo prefería a las vírgenes; aunque otros opinan que el adulterio le parecía bastante más voluptuoso que la desfloración. Algunos, como Lancre, creen que Satanás gustaba de practicar el coito anal, seguramente lo mismo que hicieron los ángeles en Sodoma. Este autor aseguraba haber visto al demonio practicando esta clase de relaciones con una mujer. Algunas distinguidas posesas de Satanás que nunca habían "conocido" varón, se quejaron de fuertes dolores en el ano después de haber sido dulcemente poseídas por el diablo, mientras que se conservaban íntegros los atributos de la otra virginidad; por lo que, a pesar de todo, continuaban siendo vírgenes.

Ahora bien; Satanás se las entendía preferentemente con las brujas. Estos personajes femeninos del retablo infernal no eran, como se cree vulgarmente, feas y repugnantes viejas de aspecto casi macabro. Las había, sí, de esta pinta; pero una inmensa mayoría de las sacerdotisas del culto de Satanás eran mujeres de extraordinaria belleza, jóvenes, solteras, casadas o viudas, y a veces de inmejorable posición social, cultas y distinguidas.

Las hechiceras y las brujas, tan esposas de Satanás como las monjas lo son de Cristo—salvadas, naturalmente, muy grandes diferencias—, llegaron a formar incontables legiones en los tiempos pasados. En tiempos de Luis XIII de Francia se decía que había diez mil brujas por cada brujo, y eso que éstos eran muy numerosos. Pero los brujos recibían, por lo general, la denominación de magos, quedándose para las mujeres la de brujas, fuesen magas o no. Para lograr este título no se precisaba más que hacer el pacto con el diablo, que consistía en realizar una cópula con dicho personaje después de haber practicado diversas ceremonias iniciáticas.

Según un demonólogo que trata de disculpar a las brujas, estas mujeres han resultado del rigor con que la Iglesia de Cristo impedía al sexo femenino dedicarse directamente al servicio de Dios. "Como desquite—dice Grillot de Givry—, como protesta y como venganza —tres impulsos muy propios de las mujeres—se dirigieron al rival de Dios, que las acogía con alegría y benevolencia." En estas condiciones, cuando la fe religiosa decayó, en virtud de los excesos de los monjes y monjas, que habían convertido los conventos en inmundos lupanares—como sabemos que ocurría en la Edad Media—, las mujeres que no podían aspirar a esa especie de consagración divina al espíritu del bien, se entregaron con el mayor entusiasmo al culto del Maldito, donde podían experimentar honores y gustar placeres mucho más atrayentes que los que se contenían, a pesar de todo, en las ceremonias de los religiosos.

La iniciación consistía en realizar, en primer lugar, el pacto con el diablo, la cual constaba de once ceremonias:

1.ª Firma de un documento por el que el neófito se ponía al servicio de Satanás, entregándole el alma a cambio de que el diablo le procurase honores, riquezas y placeres carnales. La firma había de hacerse sustituyendo la tinta por la sangre del iniciado.

2.ª Abjuración de la fe católica.

3.ª Acción de despojarse del rosario, escapulario, cruces, medallas y toda clase de emblemas religiosos, que el neófito debía pisotear y escupir en presencia del diablo.

4.ª Promesa de obediencia y de sumisión al diablo.

5.ª Promesa de propaganda para conquistar otros adeptos para el culto satánico.

6.ª Bautismo demoníaco, en el que el neófito recibía un nombre extravagante o jocoso.

7.ª Rasgadura de una parte del vestido para ofrecerlo al Gran Cornudo.

8.ª Repetición de los juramentos en el centro de un círculo trazado por Satanás.

9.ª Registro del neófito en el gran Libro Negro del Diablo.

10. Promesa de sacrificios homicidas bimensuales o mensuales y ejecución de diversos actos de maldad.

11. Sello puesto por el diablo, en signo de reconocimiento, sobre el cuerpo del neófito—imagen de una liebre, sapo, araña o lirón, etcétera—, generalmente en el sobaco, en la espalda o sobre el ano en el hombre y en los pechos o en las nalgas en la mujer.

12. Promesa formal del iniciado de no comulgar jamás, de in-

sultar a los santos, injuriar a la virgen, escupir a las cruces, pisotear a las imágenes sagradas, de ultrajar las reliquias, de no confesarse jamás y de ejecutar otros actos sacrílegos por el estilo. A cambio de todo esto, Satanás se encarga de hacer la felicidad de su nuevo satélite, por lo que también firma el pacto.

Estas ceremonias tenían lugar en los antros donde se reunían las brujas para la celebración de sus aquelarres, cuando se trataba de mujeres, o durante las misas negras. Se congregaban todos los devotos de Satanás en torno de los sacerdotes y de las figuras diabólicas imágenes del Gran Cornudo, lo que ocurría en los lugares más apartados, tristes y solitarios de los alrededores de las ciudades, o también en la casa de algún brujo notable que reuniese condiciones para ello, siendo la esencial la de la oscuridad más completa, para que pudieran alumbrar los cirios satánicos confeccionados de cera mezclada con las materias más repugnantes que pueden imaginarse: semen corrompido, sangre menstrual, grasa de cadáveres, etc.

Estos aquelarres tenían lugar los sábados. *Aquelarre* es una palabra del vascuence que quiere decir "prado del macho cabrío", cuya interpretación se encuentra en el hecho de que los antiguos vascos devotos de Satanás se reunían para la celebración de sus asambleas en un prado, bajo la presidencia de un macho cabrío, representación del Gran Cornudo infernal.

A partir de las diez de la noche, las brujas comenzaban a realizar los preparativos de su viaje al lugar donde había de tener efecto la reunión. "Para trasladarse al aquelarre—dice Escalante—había que preparar previamente el llamado ungüento de las brujas, en el que entraba, entre otros ingredientes, sangre de abubilla y de murciélago, sebo y raspaduras de bronce de las campanas. Hecho el ungüento, untaban con él un palo (frecuentemente un palo de escoba), que había de servirles de montura, pronunciaban una consagración horrible y partían, remontándose en el aire."

Algunos autores dicen que las brujas proferían a veces agudos chillidos, con el fin de apartar de su camino a los espíritus del bien, especialmente cuando volaban por encima de las iglesias y conventos. Muchos individuos que tenían necesidad de andar por los caminos en la noche, aseguran haber visto a las brujas volar a gran altura y haciendo un ruido bronco e intermitente. Es una lástima que en aquellos tiempos no se hubiese inventado aún la aviación, en cuyo caso podían haberse confundido las brujas con los aparatos en prácticas de vuelos nocturnos.

Cuando una bruja se proponía asistir al aquelarre no había medio de oponerse a sus propósitos, ya que tenían el poder de transformarse en animales e incluso en pequeños insectos capaces de salir por el agujero de la llave. No obstante, esto sólo ocurría en las situaciones desesperadas, pues lo clásico era salir por la chimenea, con el fin de, al mismo tiempo, cubrirse de hollín, lo que les daba un distinguido aspecto infernal de indudable "chic".

Un aldeano de Bretaña refería a un clérigo, al que había denunciado que su mujer era una perfecta bruja, que en una ocasión quiso impedirla que asistiese al aquelarre, para lo que procedió a atarla con fuertes ligaduras a los barrotes de una cama empotrada en el suelo. La mujer no opuso la menor resistencia y se dejó atar, marchándose entonces el marido, bien seguro de que por aquella vez no asistiría al aquelarre. Pero cuando unos momentos después regresó a casa, se encontró con la desagradable sorpresa de que había logrado escapar, pese a que las ligaduras estaban en la misma forma en que él las anudó. Se enteró por otra vecina, bruja también, de que la dama se convirtió en murciélago y así transformada pudo llegar con toda felicidad a la asamblea infernal que se celebraba en las inmediaciones del pueblo.

El ungüento de las brujas, que preparaban ellas mismas en la forma anteriormente descrita, era utilizado por muchas mujeres que no tenían pacto con el diablo para dar a la cabeza de sus maridos la misma estructura, al menos moralmente, que la que en realidad tenía la del Gran Cornudo. Satanás y las demás autoridades de sus milicias no se oponían a estas costumbres, porque todo lo que fuera hacer algo malo, se estimaba por los infernales personajes como cosa buena. Una señora de la mejor sociedad de Ulm, muy religiosa y enamorada de su confesor, hombre que vivía a algunas leguas de distancia del castillo que ella habitaba con su esposo, permanecía recluída todo el día en virtud del carácter celoso de su marido. Pero comoquiera que su pasión por el confesor rayaba en la locura, consiguió ponerse en relaciones con una bruja, a la que rogó le facilitase un poco del maravilloso ungüento, para poder huir del castillo sin que lo notase el marido.

En efecto, compró la pócima pagándola a buen precio, y cuando todo dormía en el caserón salió por la chimenea, como la bruja más experta, llegando sin novedad a la casa del clérigo, que la recibió con los brazos abiertos. Esta faena se repitió durante varias noches, y como le faltase a la adúltera el ungüento, no tuvo más remedio que firmar un pacto con el diablo, renegando del cristianismo y sometiéndose a las distintas pruebas necesarias para la profesión del culto satánico.

Una de las condiciones exigidas por Satanás en su famoso pacto a los devotos de su doctrina, consistía en que los iniciados habían de hacer la mayor cantidad de prosélitos para las milicias infernales. Esto daba lugar a que muchas personas de toda condición social dieran oídos a las manifestaciones de los iniciados, los cuales mostraban en seguida un decidido interés por presenciar las juergas satánicas, a lo que, naturalmente, no se oponían los demonios, que ya conocían entonces la eficacia de la propaganda bien hecha.

El que asistía una vez a los aquelarres, quedaba convencido de que no había religión más grata que la de Satanás, el cual parece ser un señor bastante amable, ya que aún hay quien conserva los mejores recuerdos de aquellas fiestas extraordinarias (1).

Lo más difícil para asistir a los aquelarres era la reserva impenetrable de los iniciados, los cuales se mostraban celosos de sus secretos, principalmente por temor a los castigos feroces de las autoridades eclesiásticas, especialmente las de la Inquisición. Por lo general, los iniciados hablaban de los distintos ritos satánicos sin revelar su condición de brujos, y rara vez se arriesgaban a facilitar a los curiosos el famoso ungüento necesario para realizar el viaje hacia el aquelarre por vía aérea, medio de locomoción indispensable de los brujos que se estimasen un poco. Los brujos de ínfima categoría resultaban para muchas personalidades entes respetabilísimos, puesto que podían disfrutar de los beneficios del preparado infernal, mientras que los magnates no podían conseguirlo, a menos de pactar con el diablo, por todo el dinero que tuvieran. No obstante, como ocurre en todas las colectividades, también entre los brujos había algún que otro perjuro; éstos eran los que facilitaban a los no iniciados el ungüento mágico para trasladarse a los aquelarres.

Pero esto tenía sus quiebras para quienes usaban el preparado de manera indebida y a pesar de todo creían en Dios. El efecto del vehículo mágico resultaba de consecuencias verdaderamente desastrosas cuando los no iniciados cometían la imprudencia de invocar los nombres de Dios, de Jesús o de la Virgen María; esto era bastante

---

(1) En las inmediaciones de la ciudad francesa y fronteriza con España de Bayona, hay ancianos que dicen haber asistido a algunos aquelarres en los que pasaron ratos inolvidables disfrutando de las amabilidades de los brujos y de los sacerdotes del culto infernal.

para que instantáneamente ocurriese algo así como la paralización del motor en pleno vuelo; por lo que los brujos apócrifos se daban "el tortazo", como dicen los aviadores. Un autor refiere la siguiente anécdota acerca de un viaje aéreo bajo la protección del Gran Cornudo: "Uno de los más notables es el de cierto obispo de Jaén, si bien recuerdo que forzado a ir a Roma con mucha urgencia aceptó sin vacilar los servicios de un diablo, quien dijo comprometerse a llevarle en pocas horas, sirviendo al prelado de cabalgadura. Cuando volaban sobre el mar intentó el diablo-bestia que el obispo pronunciara el nombre de Jesús, para tener buen pretexto para dejarle caer al agua. Pero el obispo, que se olió la treta—que suelen ser los obispos más astutos que el demonio—, tuvo el buen acierto de decir: ¡Arre, diablo!... Y llegó a Roma." (Escalante.)

Cuando el diablo quería perder a alguna persona se disfrazaba de persona decente y daba su famoso ungüento a quien intentaba perjudicar. Así se lee en la relación de un proceso inquisitorial por hechicería celebrado en una ciudad francesa en el siglo xv, que cinco personas declararon "Que cuando querían asistir a las reuniones de las brujas se valían de un ungüento que les había proporcionado el diablo y con el que untaban un palo pequeño y las palmas de sus manos; que se ponían el palo entre las piernas y volaban sobre las ciudades y los campos, las casas, los bosques y las aguas. El diablo las llevaba al lugar donde se celebraban sus asambleas."

El número de accidentes ocurridos por la ineptitud de estos curiosos ocasionaron bastantes víctimas: muchas personas que no sabían hacer el uso debido del ungüento o que cometían la imprudencia de pronunciar una palabra inconveniente—lo que ocurría también a los brujos noveles—, fueron encontradas mal heridas en el campo, colgadas de los árboles, de las espadañas de las iglesias y en otros lugares por el estilo. Las siguientes leyendas dan idea de lo peligroso que era hacer uso del preparado infernal sin estar debidamente impuestos en los misterios satánicos.

Según Martín del Río, un carbonero supo que su mujer pasaba la noche del sábado en un aquelarre, y dispuesto a saber en qué consistía aquello que tanto llamaba la atención de su cónyuge, se hizo el dormido mientras su mujer sacaba de un lugar oculto un tarro conteniendo una pomada con la que se untó, saliendo después por la chimenea. El carbonero no perdió un detalle de la escena, y tan pronto como la bruja hubo salido se apresuró a frotarse el cuerpo con el ungüento, tomando el mismo camino que ella.

Gracias a esto llegó hasta la cueva de un castillo, donde vió a su mujer con muchos iniciados que se disponían a celebrar los actos del aquelarre. Mas como ella viese al carbonero, hizo un signo a sus colegas y la estancia quedó completamente vacía, mientras el carbonero, solo y atemorizado, no podía explicarse la desaparición de aquella gente. Los criados del castillo le tomaron por un ladrón y, después de apalearle con el mayor entusiasmo, le pusieron de patitas en la calle, con los huesos molidos a estacazos.

Otra vez un sacerdote que padecía varices fué a visitar a un médico que tenía fama de hechicero, el cual entregó al clérigo una pomada para que con ella se diese fricciones en las piernas. El cura puso en práctica las prescripciones del facultativo, y cuando quiso darse cuenta se halló entre una multitud de brujas que estaban celebrando un aquelarre. Pero no se atemorizó por esto; cuando aquella gente estaba más engolfada en sus ceremonias, el sacerdote dijo en voz alta: "No hay más Dios que el que está en los cielos, y su hijo es Jesucristo." Entonces los demonios y brujos empezaron a proferir alaridos de terror, huyendo en todas direcciones, pero en su forma humana. El feliz dispersador de la banda pudo apresar al médico, que estaba entre los reunidos, y unos días más tarde fué ejecutado en la hoguera de la Inquisición, en unión de otros cuantos brujos y brujas.

Se refiere el siguiente caso: Un hacendado alemán consiguió que un brujo amigo suyo le llevase a un aquelarre que tenía lugar a mucha distancia de la localidad donde vivían. Los dos amigos montaron en el palo de una escoba, y, cuando estaban a punto de llegar, el hacendado tuvo miedo, por lo que empezó a orar. El brujo entonces "aterrizó", dejando a su amigo en una región desolada, donde unos días más tarde se encontró con unos hombres que hablaban un idioma para él desconocido. Tres años tardó en regresar a su país, al cabo de muchas vicisitudes; lo que da idea de las enormes distancias que con fantástica velocidad recorrían los brujos para asistir a sus asambleas.

La Selva Negra parece que fué el lugar preferido para la celebración de los aquelarres más famosos de que habla la leyenda, aunque también tuvieron lugar en otros países, como en Francia y España: Sevilla, las Vascongadas y Asturias fueron puntos muy frecuentados por los brujos, que celebraban grandiosas reuniones.

El acto se celebraba en las montañas, en las cuevas naturales o en los sótanos de los palacios, y muchas veces en los cementerios. Satanás presidía las ceremonias, bien con su figura clásica o tomando la apariencia de un imponente macho cabrío, un asno, un cuervo, un mono o un gigantesco gato negro. La primera faena del Cornudo consistía en elegir a las brujas más apetecibles, dejando las restantes a sus secuaces infernales y a los demás brujos.

La especial habilidad que el demonio tenía para procurar a las mujeres toda clase de deleites hacía que éstas se rifasen los favores del magnífico personaje, el cual sabía poseerlas por tres puntos al mismo tiempo. Muchas manifestaron que el diablo les producía placeres agotadores con sólo azotarlas furiosamente con su rabo. Otras no tenían inconveniente en confesar que sus maridos no podían compararse con Satanás en lo concerniente a la satisfacción de sus anhelos eróticos.

Según las descripciones de los que dicen haber asistido a los aquelarres, estas ceremonias se celebraban con la asistencia de todos los brujos de los contornos, sin faltar ninguno, ya que estos personajes, aunque estuvieran enfermos, al llegar la hora del aquelarre recobraban la salud; y muchos tenían el poder de no enfermar mientras permaneciesen fieles al pacto firmado con Satanás.

Un consejero del Parlamento de Burdeos llamado Florimond de Remod, que vivió en el siglo XVII, refiere en un libro que en una ocasión vió que a media noche, la víspera de San Juan, se hallaban reunidas en un campo unas sesenta personas de toda condición social, presididas por un macho cabrío que era la encarnación del diablo. La diabólica bestia hizo a los fieles la señal de la cruz con la mano izquierda y al revés, como era de ritual, y los circunstantes le respondieron mostrándole los genitales y haciendo otras irreverencias.

El macho cabrío se colocó entre los cuernos una vela, que quedó fija en dicho sitio, y después la encendió con "fuego que sacó de debajo de la cola". Los fieles, que iban provistos de velas, las encendieron en la del diablo y empezó una especie de misa, en la que los asistentes se volvían de espaldas al oficiante y éste al altar.

A continuación de la misa se celebraba una procesión que recorría los lugares inmediatos al en que tenía lugar el aquelarre. En algunos fué advertida la presencia de personalidades muy respetables de ambos sexos, especialmente durante el reinado de Luis XIII de Francia. Uno de los mayores honores que podían recibirse en estas ceremonias era el de sostener la cola del diablo, que marchaba a la cabeza de la procesión, rodeado de sus secuaces más significados. Muchos sacerdotes del culto cristiano llegaron a renunciar sus votos para entrar a formar parte del sacerdocio satánico.

El doctor José María Escalante, un autor contemporáneo de gran autoridad científica, nos describe así lo que ocurría: "Se verificaban en los aquelarres muchas ceremonias particulares, de las que algunas se usaban también en los pactos que se hacían con el diablo sin asistir a los aquelarres. Los que deseaban iniciarse eran marcados por el diablo en cualquier parte del cuerpo (1).

"Se obligaba luego—prosigue—a estos catecúmenos diabólicos a pisotear la cruz, y se les daba un libro negro para reemplazar al Evangelio. Después se les rebautizaba con un líquido maloliente y repugnante, para destruir completamente los efectos del bautismo cristiano. Luego el propio Satán se dedicaba a despojar de vestidos a los nuevos adeptos, hasta ponerlos en estado de desnudez completa, en que solían mostrarse los habituales concurrentes al aquelarre, por más que no fuera ésta una práctica constante e ineludible.

"Cuando los hechiceros llegaban a la asamblea diabólica se apresuraban a rendir homenaje al diablo, besándole el trasero. Era este un honor apetecido, que algunos fieles, muy celosos, repetían varias veces en una noche, besando con delectación las posaderas de cuantos demonios encontraban. Los hechiceros negaban con indignación, que debemos creer sincera, que besaran realmente el c... de Satán. "No es el trasero—decían—lo que besamos, sino un segundo rostro que tiene el diablo debajo de la cola." La sutil distinción, que les dictaba una verdadera fe—consiste en ver lo que no existe—, tiene poco valor a nuestros ojos de incrédulos, que ven claramente en los grabados que han llegado hasta nosotros que hombres y mujeres besan con manifiesto deleite un vulgar c... luciferiano.

Tales eran, en sus líneas generales, las augustas y grotescas ceremonias de los aquelarres, celebrados con más o menos frecuencia en toda Europa durante siglos. En ellos tomaban parte personas de todas las condiciones sociales, desde las más humildes a las más ilustres: mendigos, vagabundos, artesanos, mercaderes, artistas, sabios, abades, obispos, príncipes y reyes. En tiempo de Carlos IX de Fran-

---

(1) La marca, invisible a simple vista, tenía la diabólica virtud de hacer insensible al dolor el punto elegido por Satán para sellar a sus fieles. Estaba tan acreditada esta conseja, que los fanáticos y crueles inquisidores hicieron de ella como la piedra de toque para averiguar si eran realmente hechiceros los sospechosos que se negaban a confesar su pacto con el diablo. Con terquedad necia y cruel, pinchaban los ignorantes inquisidores distintas partes del cuerpo de los sospechosos, con la esperanza y el mal deseo de encontrar un punto que fuera poco sensible al dolor. Logrado esto, daban por brujo al atormentado. (*Nota del mismo autor.*)

cia había, sólo en París, treinta mil hechiceros, y se calcula que pasaban de cien mil los fieles que Satán tenía en aquella nación."

Las iniciaciones, los homenajes a Satanás, las blasfemias más atroces y los juramentos más horribles tenían lugar mientras se celebraban danzas infernales al son de músicas bárbaras. Después se comía y se bebía en unos banquetes en los que entre los platos más delicados figuraban los manjares más raros y las materias más inmundas. Las "cenas a la americana" parecen inspiradas en los banquetes de los aquelarres: entre plato y plato las brujas danzaban entre sí o con los brujos. Las mujeres se ofrecían en las posturas más lúbricas, realizando toda clase de monstruosos acoplamientos, verificándose luego las célebres misas negras, cuya descripción merece un capítulo aparte.

En el fondo, el aquelarre era un homenaje a Satanás, y más que esto, una manifestación del deseo de rebelión, de placer, de vida ardiente o, lo que es lo mismo, una revancha sobre la tiranía y el malestar. Quien no estaba satisfecho de Dios iba hacia Satanás; el que estaba harto de aguantar disciplinas, se encaminaba en pos de las más ardorosas libertades; quien sentía pesar la monotonía de las horas sobre sus espaldas, se las sacudía furiosamente; el aquelarre respondía a estas rebeliones y a esas ansiedades.

El hombre ensaya sin cesar el medio de evadirse de sí mismo, de superar los deleites de la existencia por todos los métodos imaginables, escapando de las restricciones de las leyes, de la moral, de las prohibiciones que coartan la manifestación de las energías instintivas: el aquelarre daba lugar a todo cuanto los convencionalismos no permitían. Un autor dice que el aquelarre fué una reacción epiléptica contra la Iglesia y sus dogmas, contra el amor vulgar, contra la torpeza cotidiana, contra la esclavitud de la carne, del espíritu y del corazón. El aquelarre fué el estupefaciente intelectual y sensual, la embriaguez colectiva a que se entregaron los que no tenían bastante con la calma de los días o con la visión de los paraísos cristianos; un esfuerzo para gozar y elevarse por encima de la monotonía y la tristeza de una existencia constantemente amenazada por los castigos, por el pecado; el aquelarre fué un ensayo de voluptuosidad en el escenario de una vida en la que presidían el terror y el espanto.

No había, sobre todo en la Edad Media, otros poderes que los de Dios y el Diablo; dos entidades que se disputaban la posesión del mundo en una lucha feroz y encarnizada. Cualquier trasgresión de las leyes eclesiásticas equivalía a una candidatura para desempeñar un cargo en el infierno de que hablaban los clérigos, infinitamente menos terrible que el otro infierno de la Inquisición, con sus hogueras, sus calabozos y sus tormentos. El rey del Infierno era Satán, y el culto de Satán, lejos de prometer horrores, prodigaba a los hombres los placeres más intensos que podían imaginarse. Por esto no tenía nada de particular que el satanismo hiciese más fieles que el cristianismo de que hablaban los padres de la Iglesia, que sabían del infierno mucho menos que cualquiera de aquellos miserables brujos.

Lo único que es absolutamente inadmisible es la afirmación de que el diablo presidía estas reuniones infernales. Este famoso ungüento de las brujas es posible que no fuese más que un poderoso narcótico, algo así como el hatchís, el opio u otra droga eufórica parecida. Pero, en realidad, se celebraron aquelarres y misas negras hasta principios del actual siglo, y aún en nuestros días se celebran también por muchos fanáticos en distintas partes del mundo. A excepción del diablo ha existido todo, hasta las brujas. Pero sin escoba. La escoba que servía de cabalgadura a estas distinguidas señoras que crearon los primeros clubs femeninos, perdió desde entonces su importancia; aparte de que, como se ve, la empleaban las mujeres, si hemos de creer en la leyenda, en otra finalidad que la suya legítima y puramente doméstica.

Xilografía medieval. Las Brujas preparando una poción con serpientes alrededor de un caldero humeantes en el fuego. Año de 1608

LOS AMORES SATANICOS

Lo que niega el cielo lo prodiga el diablo.—Incubos y súcubos.—Misión erótica de estos personajes.—El fruto de los amores satánicos.—Las conversiones de Satanás.—La amante del demonio.—El adulterio infernal.—La casada donostiarra.—La setentona lúbrica.—La impotencia de los maridos.—Balbán y la monja cordobesa.—La perversión sexual de Satanás.—Conquistas satánicas. — Hijos del demonio. — Adán, Eva y Belial.—El sucubado.

La mística amorosa diabólica no tiene otra finalidad más importante que la del acto carnal; los amores satánicos están exentos en absoluto de la espiritualidad que rige los actos amorosos normales, en los que la parte material parece estar supeditada, en gran parte, a las emociones puramente sentimentales. La sexualidad satánica procura expresarse en todas las manifestaciones propias del mal, de una manera fría, positivista y cruel: el gran sadomasoquismo no es otra cosa que una forma de la sexualidad diabólica. Los adoradores del Gran Cornudo piden a los poderes infernales los goces que el cielo regatea y no da más que a medias, es decir, en la medida que, después de todo, debemos considerar más justa, de acuerdo con la moralidad y con la Naturaleza.

Satanás y todos sus diablos amaban de una manera terrible y violenta; mejor dicho, no amaban: gozaban simplemente. El religioso padre Serclier, dice que en una ocasión vió a varias hechiceras copulando con el diablo. Este personaje las poseía con su pene de tres ramas, penetrando los cuerpos de las brujas de forma tal que necesariamente debía producirles grandes dolores. Y además, según afirma, el infernal amante desprendía de la piel un vapor como si su cuerpo ardiese. No obstante, aunque tenía figura humana, era impalpable, y en una ocasión en que intentó acuchillar a Satanás, "el cuchillo sólo atravesó una nube".

Buen número de mujeres pagaron en la hoguera inquisitorial los placeres que les había proporcionado el diablo, y no pocos hombres sufrieron los asaltos lujuriosos del Cornudo, que, por lo visto, era un perfecto sodomita. Al mismo tiempo, Lilith, la Gran Diablesa, también conquistaba a los hombres, gozando con ellos.

Aquí nos encontramos con los *íncubos* y *súcubos*, o sean los demonios que cohabitan "encima" (íncubo) y los que lo hacen "debajo" (súcubo) de las personas elegidas para la satisfacción de sus apetitos sexuales. No obstante, se ha discutido mucho sobre la existencia de los súcubos, y hasta se ha negado; pero en cuanto a los íncubos, jamás hubo la menor discrepancia entre aquellos graves y respetables tratadistas, lo que evidencia hasta la exageración el espantoso grado de incultura de los padres de la Iglesia y de otros filósofos profanos. Claro es que si discurriéramos por el camino de la lógica, no hubiera sido posible escribir el presente volumen; luego sigamos hablando "en serio", hasta dónde es posible, de todos los distinguidos demonios lujuriosos de las legiones satánicas.

Lo mismo los íncubos que los súcubos—vamos a admitir a ambos—se entregaban por la noche a la tarea de proporcionar sueños voluptuosos a los jóvenes y a las jovencitas, y también a los hombres y las mujeres. Los demonios recogían—no sabemos cómo—el licor seminal de las poluciones masculinas y lo depositaban en las vías genitales femeninas. Spallanzani debió inspirarse en estos métodos para realizar sus ensayos de fecundación artificial. Así es como tenían lugar esos extraños embarazos de jóvenes doncellas perfectamente castas y puras, tanto que no tenían relaciones con ningún hombre, como no fuese con sus padres y sus confesores, los cuales es preciso creer que no las amaban tan paternalmente como los presuntos autores de sus días.

Los frutos del amor entre Satanás y las brujas consistían, por lo general, en robustos y repugnantes sapos, que las citadas señoras daban a luz al cabo de unos días del ayuntamiento infernal; pero los hijos de las "incubadas" eran seres perfectos, con figura humana. Algunos han sido personajes muy célebres, como sucede con el emperador romano Augusto, el cual, según opinión de Lancre, un demonólogo de la mejor buena fe y de la más extraordinaria incultura, fué engendrado por un demonio que "dejó indeleble y diabólica señal en el vientre de la impúdica gozada, señal que consistía en una serpiente".

No todas las mujeres que fueron poseídas del demonio se sometieron a la prueba sabiendo quién era su amante ocasional, pues hay que advertir que Satanás tomaba la forma que quería para mejor seducir a las mujeres. No prefería tampoco a las vírgenes, como se ha creído, porque el daño que realizaba entonces no era tan importante como el que se comete con el adulterio, por medio del cual siempre se ofenden los sentimientos del marido, los derechos de la descendencia y el equilibrio social; es decir, que era necesario realizar el acto carnal con todas las agravantes posibles, como sucedía, por ejemplo, con la posesión de las monjas, puesto que en este caso se violaban los más respetables derechos de Dios, esposo de todas las novicias y profesas de los conventos.

La forma más corriente adoptada por el íncubo es la de un gnomo, un duende, un trasgo, como quiera decirse, que se parece a un hombrecillo, pero que tiene, por lo general, todas las características del diablo. Por lo común, el cuerpo de los íncubos está cubierto de negros y espesos pelos; sus extremidades pueden ser humanas o animales, y, sobre todo, su miembro viril es algo espantosamente grande, retorcido, triglande, nudoso y espinoso; una verdadera joya para la producción de aquellos preciadísimos deleites eróticos de tipo francamente sadomasoquista.

Brognoli, que fué un exorcista célebre, dice que el demonio sabe convertirse hábilmente en ángel de luz para seducir a las mujeres. Pero, según otros autores dignos de igual crédito, el íncubo tomaba la forma de un pequeño monstruo negro y velloso, dotado de órganos sexuales desproporcionados al tamaño de su cuerpo, e incluso al del de un hombre normal.

El semen de Satanás, según las mujeres que fueron poseídas por él, era tan frío como un chorro de agua helada; afirmación que contrasta rudamente con la especial naturaleza del diablo, hombre que estaba siempre echando llamas por todos los orificios de su cuerpo. En un monasterio de Colonia fué encontrado en una ocasión un gran perro negro, que se suponía ser una encarnación del diablo, el cual remangaba las ropas de las religiosas para gozarlas. Bodin hace alusión a este caso, pero dice "que no era un demonio, sino un perro como otro cualquiera", reconociendo que muchos de estos animales acostumbran a forzar a las mujeres que encuentran solas para saciar en ellas sus apetitos sexuales.

Las mujeres que caían en la gracia de un íncubo no podían verse libres de las galantes asiduidades de estos personajes, por lo cual los odiaban hasta el extremo de denunciar el caso, lo que generalmente se pagaba en la hoguera inquisitorial; o sea que el horror y la repugnancia producida a las mujeres por la posesión de los íncubos era infinitamente superior al instinto de conservación, ya que sabían que después de declarar el suceso no había remedio más eficaz que la hoguera para purificar el cuerpo y salvar el alma.

Una mujer que residía en la ciudad francesa de Nantes estaba subyugada por el poder de un demonio que la gozaba todas las noches, aunque estuviese acostada con su marido. La circunstancia de que estos duendes podían hacerse invisibles para las personas de quien pudieran temer un peligro, hacía que el engañado marido no pudiese tomar las oportunas medidas para no ser cornudo de manera tan descarada; aunque, por otra parte, la mujer se hallaba bastantes satisfecha de las caricias infernales. Seis años después de estas incesantes relaciones, confesó lo ocurrido a su esposo y al cura; pero el marido, horrorizado, la abandonó, lo que al demonio le vino a las mil maravillas, pues se quedó gozando a la repudiada a sus anchas.

En una ocasión en que San Bernardo visitó la ciudad, la mujer le suplicó que la librase de aquel diablo lujurioso, por lo que el santo la dijo que al acostarse hiciera el signo de la cruz y que pusiese cerca del lecho el bastón de San Bernardo. En efecto, cuando en íncubo llegó a la estancia vió el bastón, y como esto le impedía acercarse, empezó a blasfemar furiosamente. Más tarde se verificó en la catedral un solemne exorcismo, al que asistieron los obispos de Nantes y de Chartres, quedando libre la mujer de las influencias demoníacas, que tanto la satisficieron primero como la atormentaron después.

Laurente y Nagour refieren la siguiente anécdota: "Gilbert de Nogent cuenta que su madre, a causa de su gran belleza, hubo de sufrir los ataques de los íncubos. Durante una noche de insomnio "el diablo, según su costumbre de asaltar los corazones torturados por la tristeza", acudió rápido a presentarse ante sus ojos, de los que había huído el sueño, y la atormentó casi hasta matarla bajo la opresión de un peso enorme que la ahogaba. La pobre víctima no pudo ni moverse ni quejarse, ni poco menos que respirar; pero imploraba mentalmente el divino auxilio, que no le faltó. Su ángel bueno estaba junto a la cabecera de la cama y exclamó con voz dulce y suplicante: "¡Santa María, ayúdanos!", y lanzándose sobre el íncubo trató de obligarle a que abandonara la habitación. El diablo se puso en pie, intentando resistir el inesperado ataque; pero el ángel le derribó, tirándole al suelo con tan gran fuerza y estrépito que la caída hizo que retemblaran los muros de toda la casa. Los sirvientes se despertaron sobresaltados y acudieron al lugar de la ocurrencia, hallando a la dueña pálida y temblorosa, que refirió el peligro que había afrontado y del cual llevaba impresas en su cuerpo las marcas."

Otra bella casada fué víctima de los atentados lúbricos del demonio en un pueblo de la provincia de Guipúzcoa, en cuyas inmediaciones se celebraban con frecuencia los aquelarres de las brujas de aquella región. La mujer, que hacía poco tiempo contrajo matrimonio con un navegante que a la sazón estaba en América, recibió varias veces la visita de un apuesto mancebo, desconocido en aquellos lugares, el cual gozaba fama de adivino, aunque su profesión era la de comerciante en plantas aromáticas.

El galán se mostraba muy amable con la bella señora, la cual rezaba el rosario todas las noches, pidiendo a Dios que su marido regresase con bien del largo viaje. En una ocasión llegó a la casa el mercader para llevar a la señora unas hierbas medicinales y diversas especias, y cuando le invitó a rezar el rosario pretextó una ocupación urgente para abandonar la casa, lo que no dejó de extrañar a la mujer, ya que siempre se había mostrado muy atento con ella.

Al conocer el joven el natural interés que su cliente demostraba por su esposo, del que llevaba dos meses ausente sin tener noticias, la prometió que por mediación de un hechicero cliente suyo podría saber cómo se encontraba el marido, siempre que se comprometiese a gratificar al brujo con una limosna de medio cuartillo de leche cada dos sábados. Al efecto, para formalizar el compromiso, era necesario que la señora firmase un papel, pero después de convencerse de que el hechicero la facilitaba noticias verídicas del ausente.

El adivino se hallaba enfermo, y comoquiera que vivía un poco distanciado, sin necesidad de entrevistarse ambos podría llevarse a cabo la operación mágica de predecir el destino del viajero siempre que la mujer facilitase ciertos datos al mercader, exponiéndole, además, sus deseos, todo lo cual transmitiría el joven al mago. La mujer firmó; pero firmó un pacto con el diablo, que no era otro que el comerciante, el cual había adoptado la figura de un hermoso mancebo, y a partir de esa fecha la dama se sintió tan subyugada por aquel hombre extraño que compartió con él el lecho durante algún tiempo, sin que la conciencia la reprochase su traición al marido ausente.

Pero un día, mientras se hallaba entregada a sus rezos, un ángel bueno la comunicó que su adulterio, pecado demasiado grave para no merecer un ejemplar castigo, era doblemente sensible, puesto que su amante era el mismo Satanás. El ángel la aconsejó que cuando viera entrar a su amante en la habitación pronunciase las palabras "Dios y

Santa María me protejan contra el Malo", tres veces seguidas, para que inmediatamente el joven tomase su infernal figura, desapareciendo después. Así lo hizo, y cuando pronunció la oración el mercader se convirtió en un repugnante demonio, desapareciendo después entre una espesa nube de humo negro que olía a azufre. La mujer cayó desvanecida, y fué preciso realizar el exorcismo, con lo que quedó libre de la persecución de Satanás.

No siempre eran las mujeres jóvenes y bellas las amantes elegidas por los incubos para satisfacer sus lúbricos deseos, sino que muchas viejas repugnantes, apergaminadas y hasta enfermas confesaron que habían sido poseídas por el Maldito, que las hacía objeto de furiosos ataques con su "rabo de tres colas". Una mujer de setenta años de edad llamada Enriqueta Gillarel, fué procesada y condenada a morir en la hoguera por haber tenido comercio carnal con el diablo. Confesó la desdichada que "había sido amante de un íncubo, realizando con él uniones de la misma forma que una mujer con su marido, salvo que en esos contactos no halló nunca ningún placer ni deleite".

Otra mujer que fué condenada por el mismo delito, aseguraba que Satanás se presentó en su casa tal y conforme era, con cuernos y todo, poseyéndola a la fuerza. Ella trató de resistirse y gritar, pero no pudo articular palabra alguna, por lo que no tuvo más remedio que someterse a las caricias del demonio, el cual la poseyó de una manera violenta; pero que, esto no obstante, la causó mucho placer. Aseguró ante el Tribunal que Satanás estaba provisto de un miembro viril tan largo como el rabo, "rojo, ardiente y nudoso, y en forma de sacacorchos, que la produjo grandes ardores y deleites al atravesarla las entrañas". Muchas brujas y endemoniadas coinciden en afirmar que el órgano sexual del diablo tiene esta curiosa forma.

La preferencia de los íncubos era, sobre todo, por las mujeres casadas. Un comisario real llamado Delancre, que recibió del rey de Francia el encargo de realizar una investigación acerca de la epidemia de demonómanos de 1609, en virtud de la cual murieron en la hoguera cerca de cien mujeres, decía en el informe que dirigió al monarca: "Los diabólicos han encontrado la forma de cautivar a las mujeres, sacándolas de entre los brazos de sus esposos y haciendo presión y violencia a ese santo y sagrado lazo del matrimonio han cometido adulterio y gozado de sus queridas a presencia de los maridos, quienes, como estatuas y espectadores quietos y deshonrados, veían atropellado su honor sin poder intervenir para poner las cosas en buen orden. La mujer, muda, sumida en la quietud de un silencio forzado, apelando inútilmente a su esposo y pidiendo un auxilio que no le habían de dar, y el marido como hechizado, y sin poder valerse a sí propio, veíase obligado a sufrir el ultraje, con los ojos abiertos y los brazos caídos."

Las doncellas no eran el bocado más exquisito de los diablos, pero algunas veces recurrían a ellas, seguramente a falta de otros manjares. Tal es el caso que refiere Wier de una religiosa llamada Gertrudis, de catorce años de edad, la cual dormía todas las noches con un íncubo a sabiendas de que era Satanás. La muchacha se enamoró tan ardientemente de su galán, que llegó hasta el extremo de escribirle largas y apasionadas cartas, en las que le hacía las promesas de amor más lúbricas que pueden imaginarse.

Bastante más precoz fué una monja española llamada Magdalena de la Cruz, natural de Aguilar, en 1487, que profesando en el convento de Santa Isabel, de Córdoba, llegó a la categoría de abadesa, estando mucho tiempo en opinión de santa.

Las más relevantes personalidades de la época oraban con el nombre de la monja en los labios, la cual debía al demonio todo lo que constituía el motivo de la adoración que inspiraba. Declaró que hacía más de cuarenta años que mantenía relaciones sexuales con Satanás, con el que se había casado cuando era una niña de doce años, firmando al propio tiempo un pacto por el cual su amante la confirió poderes extraordinarios.

En el proceso inquisitorial que se siguió a esta fanática, figuran detalles interesantísimos de sus relaciones con el Malo, el cual se la apareció, según ella, por primera vez, cuando contaba sólo cinco años de edad, en figura de ángel bueno, anunciándola que llegaría a ser una santa famosa. Posteriormente se la volvió a aparecer representando la persona y figura de Jesús crucificado, y otras veces como un hombre negro y feo con el cuerpo cubierto de largos y gruesos pelos, y otras en la figura de varios santos de su devoción.

No negó que había tenido relaciones carnales muy frecuentes con el Gran Cornudo, el cual la dijo que se llamaba *Balbán*. Según su confesión, el demonio la propuso realizar ciertas fantasías eróticas que no eran de su agrado, y como se negara a satisfacer los deseos de tan caprichoso amante, éste la arrojó al suelo desde una altura, lastimándola gravemente en diversas partes del cuerpo.

Que Satanás era un pervertido sexual, es un hecho que no cabe duda, si hemos de hacer caso a las leyendas y declaraciones que figuran en muy célebres procesos. Una monja de Chartres—a este sujeto le daba por las monjas—confesó que ella hubiera gustado de tener relaciones con el diablo en la forma que las tuvo con un apuesto cura visita del convento, pero que Satanás la tomaba siempre "a la manera que lo hacen los perros", práctica que la producía en las entrañas un dolor quemante y agudo. "Un día—refiere—, como yo me quejase de dolores muy agudos, el diablo trató de consolarme pasándome varias veces su lengua por las partes naturales del pecado, lo que me produjo indecibles deleites, por lo que mi amante no volvió a poseerme sino de aquella manera, obligándome a que yo introdujese en mi boca las tres ramas de su poderoso y largo miembro." También asegura que otra novicia joven que había tenido relaciones con Satán, "salió doncella y gozada" de sus amores con el íncubo.

En el *Diccionario infernal* de Plancy se contienen numerosos casos de aventuras satánicas por las que queda demostrado que el diablo no era muy exigente en cuanto a la elección de sus amantes, pues lo mismo cohabitaba con jóvenes doncellas que con viejas prostitutas hartas de trotar por la tierra y hasta de volar por el cielo montadas en la clásica escoba. He aquí algunos de estos casos:

En la ciudad italiana de Cagliari, una doncella de la buena sociedad amaba a un caballero, sin que éste lo supiese. El diablo, que descubrió la pasión ardiente y secreta de la muchacha, tomó la figura del objeto amado, desposóse en secreto con la señorita y la abandonó después de haber alcanzado sus más secretos favores. Al encontrar un día esta mujer al amado, y no advirtiendo en él nada que demostrase que la reconocía por su mujer, se quejó amargamente, pero al fin, convencida de que fué el diablo en persona quien la había engañado, hizo penitencia.

A una inglesa llamada Juana Wigs, obligó un sueño a ir a encontrar a un joven que la enamoraba. Emprendió el camino el otro día para dirigirse a la aldea en donde habitaba su amante, y al llegar a lo más espeso de un bosque presentósele un demonio bajo la forma del enamorado, y la gozó. Al regresar la muchacha a su casa se sintió indispuesta y luego cayó peligrosamente enferma, creyendo que esta enfermedad se la había causado su amante, el cual se justificó probando que no estaba en el bosque a la hora que ella decía. Quedó entonces descubierta la superchería del demonio íncubo, lo que agravó la enfermedad de aquella mujer, que lanzaba un hedor insoportable, y murió tres días después abotargada en extremo, con los labios lívidos y el vientre negro.

Una doncella escocesa se puso encinta por obra del diablo. Sus

LAS TENTACIONES DE SAN ANTONIO (Teniers)
Satanás, los demonios y toda la corte infernal, realizaron ímprobos esfuerzos para tentar a San Antonio Abad, al cual no lograron convencer las proposiciones más deshonestas.

LAMINA I

OFICIO SATANICO (Goya)

La misa negra, que fué una parodia del Oficio divino de la Misa, la concibió Goya en uno de sus célebres "Caprichos" en la forma que aquí la vemos representada.

LAMINA II

padres la preguntaron que quién la había seducido, a lo que ella respondió que el diablo se acostaba todas las noches con ella bajo la forma de un hermoso joven. Los padres, para certificarse de ello, se introdujeron de noche en el aposento de su hija y percibieron junto a ella un horrible monstruo que nada tenía de forma humana, y como aquel monstruo no quisiera marcharse, llamaron a un sacerdote que le echó, pero al salir el diablo hizo un espantoso ruido, quemó los muebles del aposento y se llevó el techo de la casa. Tres días después, la joven parió un monstruo el más horrible que se hubiese visto jamás, y al que ahogaron las comadres.

Un sacerdote de Bonn llamado Arnoldo, que vivía en el siglo XII, tenía una hija sumamente hermosa a la que vigilaba con mucho cuidado a causa de que los canónigos de Bonn estaban enamorados de ella, y siempre que salía la dejaba encerrada sola en un pequeño cuarto. Un día que estaba encerrada de esta suerte, el diablo fué a visitarla bajo la figura de un hermoso joven y empezó a requebrarla. La doncella, que estaba en la edad en que la imaginación se llena de ilusiones, se dejó fácilmente seducir y concedió al enamorado demonio cuanto deseaba; éste por lo menos fué constante, pues desde aquel día no pasó una noche separado de su bella amada; yendo y viniendo días ella se hizo preñada y de una manera tan visible que le fué preciso confesarlo todo, no sin indecible dolor, a su padre.

Enternecido y afligido éste, no le fué difícil descubrir que su hija había sido engañada por un demonio íncubo, y así la envió inmediatamente a la otra parte del Rhin para ocultar su flaqueza y sustraerla a las pesquisas del amante infernal. Al otro día de la partida de la joven llegó el demonio a casa del sacerdote, y aunque un diablo lo deba saber todo e ir en volandas de una parte a otra, quedó sorprendido al notar la ausencia de su hermosa.

"Infame clérigo—dijo al padre—. ¿Por qué me has quitado mi mujer?..."

Y luego le dió un terrible puñetazo de cuyas resultas murió a los tres días, y no se sabe el desenlace de este drama peregrino.

En la aldea de Schinin, que dependía de la jurisdicción del señor Uladislao de Berstem, Huappius refiere que había una mujer que parió un hijo engendrado por el demonio, el cual no tenía ni pies ni cabeza, una como boca sobre el pecho en la parte izquierda de la espalda y una como oreja en el lado derecho. En vez de dedos tenía pelotas viscosas a manera de sapillos. Todo su cuerpo era del color de la hiel y temblaba como la gelatina. Cuando la partera le quiso lavar, lanzó un grito horrible. Ahogaron este monstruo y le enterraron en la parte del cementerio donde se depositan los niños muertos sin bautismo. Entretanto la madre no cesaba de clamar porque se sacase de las entrañas de la tierra aquel horrible monstruo y que se quemase para que no quedase de él el menor rastro. Confesó que el demonio, tomando la figura de su marido, la había conocido algunas veces y que en consecuencia era necesario volver al demonio su propia obra, y como el mencionado espíritu la agitase violentamente, suplicó a sus amigos que no la abandonasen; y finalmente, por orden del señor Uladislao, se desenterró el monstruo y se entregó al verdugo para que le quemase fuera de las tapias de la aldea. El verdugo consumió gran cantidad de leña sin poder tostar siquiera el cuerpo y hasta el lienzo en que estaba envuelto, aunque arrojado al más violento fuego conservó su humedad hasta que habiéndole cortado el verdugo en pedacitos, logró quemarse el viernes después de la fiesta de la Ascensión.

Una joven que vivía cerca de Nantes—seguimos copiando del doctor Escalante lo que dijo Plancy—estaba prendada de un gallardo mozo vecino de un pueblecito inmediato, y tan allá habían llevado las citas, los suspiros y declaraciones de amor, que la virtud de la niña había flaqueado. Un sábado (víspera de San Juan Bautista) la joven se dirigió poco antes de que anocheciera a un bosquecillo donde debía esperar a su amante, y como no le hallase, murmuró entre dientes primero; luego le pesó haberle dado sobre ella unos derechos que le permitían faltar a su decoro; mas compensando la falta de respeto con el placer que le daba su amante, se resolvió a aguardarle, ya por temor de enojarle faltando a la cita, ya para echarle en cara su falta de puntualidad.

Sin embargo, el gallardo mancebo no venía, y la noche comenzaba a extender sus sombras. Montó en cólera la joven, maldijo a su amante, dióle al diablo y dijo entre dientes que mejor hubiera hecho en entregarse a un demonio que a un galán tan frío, y que, así que se le ofreciese ocasión, no tendría reparo alguno en serle infiel, y al decir esto vió venir al amante en cuestión. Disponíase ella a quejarse agriamente, pero él se excusó lo mejor que pudo; protestó que había estado atareado con urgentes ocupaciones, y la juró que la amaba más que nunca. Calmóse el enojo de la joven, él pidió su perdón, lo obtuvo, y luego se internaron en el bosque, para darse nuevas pruebas de amor.

Pero de pronto la joven, creyendo estrechar entre sus brazos a su amante, tentó un cuerpo velludo que azotaba el aire con una larga cola. "¡Oh, amigo mío!", exclamó ella. "Yo no soy tu amigo—respondió el monstruo clavando sus garras en la espalda de la joven—; yo soy el diablo, a quien has invocado no ha mucho." Al decir esto le sopló en la cara y desapareció. La infeliz regresó temblando a su aldea; al cabo de siete días parió un gatito negro y estuvo enferma toda su vida.

Había en Sevilla una señorita sumamente hermosa, pero tan insensible como bella; un caballero castellano la amaba sin esperanza de ser correspondido, y después de haber inútilmente empleado todos los medios para ganar su corazón, partió secretamente de Sevilla y buscó en los viajes un remedio para su vehemente pasión. En esto un demonio que se prendó de la hermosa resolvió aprovecharse de la ausencia del joven, cuya figura tomó, y fué a visitar a la señorita. Quejóse al principio de ser tan constantemente despreciado, lanzó profundos suspiros, y después de muchos meses de constancia y solicitaciones logró hacerse amar y fué feliz. Fruto de su íntimo comercio fué un hijo cuyo nacimiento se ocultó a los padres de la niña por destreza del amante infernal; siguió la intriga, continuó el amor y sucedió otro embarazo.

En tanto el caballero, curado por la ausencia, volvió a Sevilla, e impaciente por ver a su inhumana querida, fué con la mayor presteza posible a anunciarla que ya no la importunaría más, pues su amor se había amortiguado del todo. Grande fué la sorpresa de la bella andaluza; se anega en llanto, se queja amargamente; sostiénele que ella le ha hecho feliz, él lo niega; ella le habla de su primer hijo y le dice que le va a hacer padre por segunda vez, y él se obstina en negarlo todo. La pobre niña se desconsuela, se mesa los cabellos; acuden sus padres a sus gritos lastimeros y la amante despechada más cuida de desahogar su cólera que de ocultar su flaqueza. Infórmanse sus padres del lance, pruébase que el caballero estuvo ausente dos años; buscan al primer hijo, pero había desaparecido probablemente con su padre, el cual no volvió a aparecer. El segundo nació a su tiempo y murió al tercer día.

"Landre—añade el doctor Escalante—habla de muchos demonios que fueron harto descorteses, pues mataron a sus amadas, diciéndolas flores, a puñetazos, y añade apoyado en el testimonio de Santiago Sparnger—que fué nombrado por el papa Inocencio VIII para instruir el proceso a los brujos—que frecuentemente se han visto brujas.

recostadas en tierra con el vientre al aire, meneando el cuerpo con la misma agitación que los que están en este estado, cuando se deleitan con los espíritus o demonios íncubos que nos son invisibles, pero visibles a todos los otros; después de esta abominable cópula, un hedor y un negruzco vapor se elevan del cuerpo de la bruja, del grandor y la forma de un hombre. Muchos maridos celosos, al ver de esta suerte a los malignos espíritus conocer a sus mujeres, pensando que eran verdaderos hombres, ponían mano a la espada y entonces desaparecían los demonios, y sus mujeres se burlaban de ellos sin compasión.

"Los otros casos, que refiere muy por menudo Collin de Plancy, no son ni más divertidos ni más juiciosos que los copiados, y no hay proceso de brujería en que falten confesiones detalladas, y por tanto deshonestas, de mujeres muy lascivas que aseguran formalmente que han copulado con los diablos."

No obstante todos estos partos maravillosos de que hablan las leyendas y los procesos de hechicería, se ha discutido mucho si el incubado era o no fecundo. Según algunos teólogos, no es posible que un íncubo pueda engendrar hijos a una mujer, como no sea a las brujas y diablesas, que en estos casos suelen parir hermosos sapos, murciélagos y otros bicharracos por el estilo. Pero otros respetables autores afirman todo lo contrario: que los hijos de los íncubos son siempre altos, robustos, bellos y malvados, y, sobre todo, muy lúbricos, lo mismo que sus distinguidos papás. Se explican esta particularidad por el hecho de que los demonios introducen en el útero de las mujeres un esperma abundante, espeso, cálido, cargado de espíritus y sin serosidades, aparte de que también escogen a las mujeres más ardientes, a las cuales procuran las máximas voluptuosidades, tanto por la abundancia de su emisión seminal como a causa del enorme vigor de un gesto largamente repetido.

En estos términos se expresa el gran demonólogo Valesius, quien dice además, coincidiendo con las afirmaciones de Sienistrari, que muchos personajes célebres en la leyenda y en la historia fueron hijos de íncubos, tales como los fundadores de Roma: Rómulo y Remo, el rey romano Servio Tulio, Platón, Alberto el Grande, Augusto, Merlín, Martín Lutero y una infinidad de individuos famosos. De Merlín, el famoso encantador, se aseguraba que era hijo del demonio y de una monja, hija del emperador Carlomagno. Pero hasta el mismo Caín no fué hijo de Adán, sino el fruto de las relaciones adúlteras de Eva con un íncubo, a lo mejor el famoso Asmodeo. Otra leyenda asegura que Sammael, príncipe de los diablos, fué quien primeramente sedujo a Eva, copulando con ella antes que Adán, de cuyos amores nacieron varios demonios.

Algunos autores hebreos afirman con toda gravedad que no fué Eva quien cohabitó con el diablo, sino Adán, y que ese pederasta se llamaba Lilith. Otros autores judíos aseguran que Adán hizo a pluma y a pelo, y que lo mismo se entendía con Eva que con el demonio, que seguramente fué Belial, un guapo mozo esbelto y amable, al que se rindió culto en Sodoma, y del que un demonólogo asegura que "no perdió el cielo otro más bello habitante". También se dice que Belial y Salomón, el gran sabio, eran tan buenos amigos que dormían juntos, lo que no tiene nada de particular, ya que los sabios han mostrado aficiones en todo tiempo a salirse de la esfera de lo normal para engolfarse en el área de las originalidades, o sea la homosexualidad.

Ahora bien, el rey de los íncubos no pudo ser otro que Asmodeo, el más terrible de todos los demonios lujuriosos, tanto por su virilidad como por su astucia, quien vestido de serpiente se encargó de ponerle los cuernos al desdichado y estúpido Adán en el supuesto Paraíso. Asmodeo hizo numerosas trastadas a varias mujeres, especialmente a Sara, de quien estaba enamorado, y a la que asesinó a sus siete maridos.

La reina de los súcubos, por lo visto, fué Lilith, de quien a ciencia cierta no sabemos si fué hembra o varón, aunque es fácil que se pareciese bastante al hijo de Hermes y Afrodita.

Los súcubos fueron siempre menos numerosos que los íncubos, lo que obedece, seguramente, y hablando ahora muy en serio, al hecho de que la imaginación del hombre resulta menos impresionable que la de la mujer y mucho más difícil de extraviar. Además, y esto es muy importante, las prohibiciones de la moral y de las costumbres se han referido siempre a la mujer más que al hombre, y como quiera que la represión de los impulsos naturales—como veremos en el volumen siguiente con cierta amplitud—tiende a crear estados psíquicos especiales, de ahí que las mujeres creyeran en los demonios lujuriosos más que los hombres. A pesar de todo, según Bekker, durante los 130 años que Adán permaneció sin tener relaciones carnales con Eva estuvo muy entretenido con las diablesas o súcubos, las cuales dieron a luz una infinidad de diablejos, espectros nocturnos, fantasmas, etc.

Los súcubos tomaban la figura de mujeres, a veces encantadoras, como aquellas que durante tanto tiempo atormentaron a San Antonio, el santo de las famosas tentaciones. Aunque el santo abad ya había pasado de la edad en que resultan naturales, incluso para un santo, ciertas transgresiones, Satanás se complacía en crear imágenes lujuriosas que no dejaban en paz al pobre asceta, el cual permaneció fiel a sus votos, no sabemos si en virtud de su castidad o porque aquellas visiones no fuesen lo bastante eficaces para despertar la sensualidad dormida en una naturaleza de tantos años. (Lámina I).

En algunos procesos de hechicería vemos narraciones tan pintorescas como las que siguen:

"Un brujo alemán copulaba delante de su mujer y varias personas. Los testigos del caso observaban sus inequívocos gestos y movimientos, sin llegar nunca a distinguir ni la más leve silueta de la sobrenatural compañera del hechicero."

Pico de la Mirandola asegura haber conocido a dos ancianos, uno de ochenta años, que había pasado la mitad de su vida cohabitando con una diablesa, y otro de setenta que también tuvo por amante a un súcubo. Gregorio de Tours refiere que un santo obispo de Auvernia, llamado Eparchius, fué víctima de las obsesiones del demonio. Cierta noche se despertó sintiendo vivo deseo de ir a orar en su iglesia y se levantó para hacerlo así inmediatamente. Al llegar al templo, le vió iluminado por un resplandor infernal y todo lleno de demonios, que cometían mil abominaciones frente al altar. Vió a Satanás que estaba sentado en el sillón episcopal, vestido de mujer y presidiendo aquellos misterios de iniquidad. "¡Infame cortesana!—exclamó el prelado—, no te contentas ya infectando todo con tus profanaciones, y para mayor escarnio vienes a manchar un lugar que está consagrado a Dios, poniendo en ese sitial tu cuerpo repugnante." "Puesto que tú me das el nombre de cortesana—respondió el príncipe de los diablos—, yo te prepararé muchas emboscadas, haciendo que se inflame en ti el amor a las mujeres." El demonio echó humo y desapareció inmediatamente; pero cumplió su promesa y Eparchius tuvo que sufrir todas las torturas de la más avasalladora concupiscencia." (Citado por Laurent y Nagour.)

Los súcubos, lo mismo que los íncubos, se presentaban a sus víctimas bajo las formas más sugestivas. En *La Muerte y el Diablo* se lee lo siguiente: "El súcubo que con obstinación persigue siempre a los monjes, tampoco se les aparece bajo un aspecto horrible o repugnante. Su figura es la de una mujer hermosa. Unas veces se presenta como una altiva matrona de formas espléndidas, lujosamente ataviada, peinado el cabello, llena de joyas y pedrería; otras veces llega vestida de reina con un séquito inmenso, o comparece bajo la modesta forma de una doncella ruborizada. Sus dientes son blancos como el jazmín; sus brazos y sus piernas tienen unos contornos maravillosos; cuando aparece desnuda diríase que es una estatua de alabastro que ha tomado vida. Para más seducción, mira con ternura o se ríe para mostrar los graciosos hoyuelos de sus mejillas; sus narices, al respirar, se mueven ligeramente a compás con los movimientos de elevación y depresión del seno; y avanza, se abraza a su presa, de la que se apodera un delirio de placer, un torbellino de ilusión en el cual se confunden en un grito de felicidad; y luego su faz adquiere el sudor de un agonizante, el aspecto de un cadáver, y... un momento después, nada; un humo que se escapa, una vaga sombra que se desvanece, cuando no se revela el demonio con toda su horrible fealdad."

Se asegura que los súcubos no eran, en su aspecto material, seres propiamente infernales, sino espíritus satánicos de índole femenina que se introducían en los cadáveres de las mujeres, muertas a lo mejor desde hacía muchos siglos, y animándoles de vida les dotaban a la vez de todas las perfecciones de la juventud y de la belleza.

En muchos casos los espíritus infernales del sucubado no eran visibles ni para los mismos hombres con quienes yacían, circunstancia que se apreciaba raramente en los íncubos, los cuales siempre se dejaban ver de las mujeres en formas más o menos agradables. Las historias de muchos místicos se refieren a las tentaciones demoníacas, pero sin asegurar que vieran a sus carnales enemigas. Veían, sí, en sueños o en ensueños, figuras de mujeres que adoptaban posturas lescivas invitándoles a la posesión carnal; pero ninguno de estos santos varones afirma que en realidad notasen el contacto con los magníficos cuerpos femeninos tan odiados. No cabe duda que estas confesiones tan sinceras obedecían a la convicción de los santos y ascetas de que la mentira era, en realidad, un pecado grave, cosa que no han creído jamás las mujeres de este tiempo ni de los pasados más remotos.

Otros autores dicen lo contrario, o sea que los diablos, por su propia virtud, "podían adquirir formas visibles y tangibles, y que éstas podían ser formas humanas". "Los diablos—decían apoyándose en el libro de Enoch y en el Génesis—son ángeles que perdieron su excelencia por haberse enamorado y unido a las hijas de los hombres, luego pueden unirse hombres y diablos sin que estos últimos tomen un cuerpo prestado. Los ángeles—añadían—tienen la forma humana, y San Agustín afirma que los que se rebelaron, al caer, volviéronse corpóreos y *espesos*, por alejarse de Dios, del cual procedían. No faltan doctores que añaden que tienen los demonios el semen frío y que pueden engendrar y engendran por su virtud propia, sin la intervención de hombre alguno. Otros lo niegan, pues dicen que siendo el diablo el introductor de la muerte en el mundo, no pueden procrear, porque es dar la vida." (A pesar de todo, la lógica de la no procreación no puede ser más convincente.)

Los súcubos, en cambio, aunque otra cosa digan los teólogos, sí que eran entes procreadores, ya que por lo general no cohabitaban más que con personajes de alta alcurnia intelectual, inspirados sin duda por los ideales eugénicos de que muchos siglos más tarde habló Galton.

El caso es que toda esta gentecilla, si es cierto que proporcionó muchos disgustos a los cristianos más convencidos, no es menos verdadero que procuraron a los más incrédulos placeres y satisfacciones bastante agradables para cambiarlos por las penitencias y sacrificios de la otra religión del Bueno, bastante desacreditada en aquellos tiempos...

EL BESTIALISMO SATANICO

Antecedentes mitológicos del bestialismo infernal.—Los animales gratos al príncipe de los infiernos.—La transformación de las brujas.—Cómo eran Asmodeo, Belzebuth y Astaroth.—Los ayuntamientos entre las personas y los animales.—La bruja de la Selva Negra.—Sus amores con un lobo.—La bruja loba.—La novicia convertida en perro.—El maleficio de las cabras.—Lo que dicen los campesinos.—Los gabinetes de los brujos.—Gatos y otros animales.

Las mismas concepciones mitológicas de Oriente y de la religión greco-romana animaron una buena parte de las creencias supersticiosas de la magia negra, cuyas prácticas pretendían tener su origen en las viejas mitologías.

Los dioses eróticos de los tiempos anteriores vinieron a refundirse en la figura del diablo, que de nuevo tomaba la forma del macho cabrío de los egipcios, gentes que divinizaron a casi todos los animales. El Pan de los greco-romanos no era más que el cabrón de los egipcios que adoraba a Mendes, y el Satanás que admite la Iglesia cristiana viene a ser una copia exacta del citado animal, al que en la Magia negra se toma como símbolo de la perfidia y la astucia.

En casi todos los procesos de hechicería se contienen declaraciones de los fieles de Satanás afirmando que las reuniones típicas de los brujos, como la misa negra y los aquelarres, eran presididas por el maestro infernal en figura de macho cabrío las más de las veces, aunque también tomaba la de otros animales, como el gato, el lobo, el perro, etc.

Todo el culto satánico tendía, como ya sabemos, a violar no sólo las leyes divinas, sino también las de la Naturaleza, pues el afán esencial de los brujos estribaba en practicar el mal en todos sus aspectos. Puede decirse que aquél que demostrase más maldad y mayor perversión era el que resultaba más grato a los ojos del Gran Cornudo y el que mejor podía gozar de su protección. Así pues, todo lo que naturalmente debe parecernos inmoral y perverso en lo que se refiere a la sexualidad—no olvidemos que el satanismo fué principalmente un movimiento de rebelión contra el ascetismo—, tenía patente de legitimidad entre los adoradores del diablo.

El bestialismo, perversión sexual que ya hemos estudiado con detenimiento en otro volumen, era una práctica muy frecuente entre los adoradores del diablo, no sólo porque ello implicaba la violación de las leyes naturales, sino porque también Satanás y sus lugartenientes tomaban con frecuencia la forma de diversos animales. Lo mismo que hubo una época en que las mujeres se santificaban teniendo relaciones sexuales con religiosos, como actualmente ocurre en el brahmanismo, así los demonólatras creían alcanzar las máximas virtudes entregándose al deleite sexual con ciertos animales de prestigio satánico.

Las brujas podían transformarse en bestias, como vemos en el cuadro de Goya titulado "Transformación de las brujas", y en otras concepciones de los artistas de aquella época. Lo mismo que Zeus toma la forma de diversos animales según la mitología, así el diablo hereda esta propiedad de los viejos dioses, especialmente con el fin de lograr con más facilidad sus propósitos esencialmente lúbricos, aunque lo más frecuente es que las brujas se valiesen de tal virtud con objeto de poder acudir a los aquelarres sin despertar mayores sospechas.

Los incubos también acostumbraban a disfrazarse de tan peregrina manera, como sucedió en el caso citado del convento de Colonia, en que el diablo adquirió la forma de un perro. Pero sobre todo las grandes dignidades de la corte infernal adoptaron las formas de diversas bestias. Asmodea, según Collin de Plancy, es un personaje con tres cabezas; la primera es parecida a la de un toro, la segunda a la de un hombre; la tercera a la de un cordero; tiene cola de serpiente, patas de ganso y un aliento inflamado; muéstrase a caballo de un dragón, llevando en la mano un estandarte y una lanza.

De Belzebouth o Belcebú, nombre que significa "señor de las moscas", se dice que se presentaba bajo la forma de una serpiente y también de otros animales. "Tiene las narices sumamente largas, dos grandes cuernos en la cabeza; es negro como un cafre, tiene pegadas a sus espaldas dos grandes alas de murciélago; sus pies son largas patas de ánade, su cola es de león y está cubierto de largos pelos desde la cabeza a los pies." Según Salomón, Belcebú aparece bajo monstruosas formas, como las de un enorme becerro, o de un macho

Los ritos satánicos

cabrío, arrastrando una larga cola, y otras veces como una mosca prodigiosamente grande. Cuando se encoleriza vomita llamas, aulla como un lobo y aun algunas veces se ve a Astarot a su lado, bajo la figura de un asno.

Estos personajes tenían la forma de los seres más estrafalarios que pueden imaginarse, pero aunque en su apariencia predominasen los rasgos humanos, casi siempre había un detalle de animalidad que contribuía a dar al demonio un aspecto de ferocidad muy necesario a su ministerio.

En los aquelarres de brujas los hombres desempeñaban un papel bastante secundario, y hasta hubo reuniones a las que no asistían más que mujeres que acudían de todos los contornos. Los historiadores más serios y menos sugestionables que creían en los demonios, pero que en realidad sólo los habían visto en sus manejos ocultistas, reconocían que para invocar al diablo con éxito se necesitaban ciertas condiciones que no podían reunir aquellas vulgares brujas llenas de supersticiones. En esas reuniones presididas por algún sacerdote del satanismo, el macho cabrío representaba siempre a Satanás. Estos animales estaban perfectamente domesticados, y a fuerza de fe llegaron a constituir un símbolo en el que a veces se veía la figura de Satán.

Muchas brujas, especialmente las más viejas, se prostituían en los festivales al diabólico animal, exactamente lo mismo que entre los adoradores de Mendes en Egipto, y los de Pan en el paganismo grecorromano, ya que las brujas eran las sacerdotisas de las citadas divinidades infernales. Las de menos edad que se hallaban en estado de agradar a los hombres, si bien se entregaban a los hechiceros en determinados festivales, por lo general vivían con animales como el mono, el gato, el perro y hasta el lobo, como una bruja alemana que habitaba en una cueva de las montañas de la Selva Negra.

Esta mujer vivió en tiempos no muy lejanos, aunque todavía se daba crédito a las historias de diablos y brujas, especialmente en esa parte de Alemania donde aun continúan profundamente arraigadas las más extrañas supersticiones.

Según se cuenta, la bruja en cuestión fué expulsada del pueblo donde vivía, o seguramente huyó para librarse de un proceso con motivo de haber provocado un aborto a una joven. Esto ocurría hacia el año 1804. La mujer se refugió en el monte, y al penetrar en una caverna vió salir a dos perros que llevaban a la rastra el cuerpo de una loba, a la que habían dado muerte. Dos lobeznos de muy pocos días, hijos de la loba muerta, eran los únicos habitantes de la cueva. Uno de los animales murió, pero el otro pudo ser criado por la hechicera hasta que pudo valerse por sí solo. La fiera vivía con la mujer, la cual seguía recibiendo la visita de sus antiguos clientes que iban en busca de remedio para sus males y de consejo para sus asuntos, pues la bruja estaba muy ducha en artes de hechicería.

El lobo la servía de magnífico guardián, y además, de amante; ella no se recataba en confesar sus relaciones con la fiera, de la que decía que era un demonio, el cual había tomado aquella forma por disposición de Satanás, ya que el príncipe de los infiernos no la abandonaba nunca, yendo a visitarla con alguna frecuencia para enterarse de cómo marchaban los asuntos infernales por aquellos contornos. Algunos campesinos aseguraban haber visto cohabitar a la mujer y al lobo, el cual, en los momentos de deleite, profería "esos gritos entrecortados propios de los hombres ardientes en tan placenteros trances".

. La historia de aquella bruja, que murió en 1846, es una de las más recientes de la hechicería alemana, y los campesinos de aquellas regiones creen que esta mujer debe desempeñar uno de los puestos más eminentes entre las personalidades infernales.

Las hechiceras antiguas parecían vivir en las mejores relaciones con los lobos, y muchas veces tomaban la figura de estos animales, ya fueran machos o hembras, para practicar el incubado o el sucubado. Boquet cita una anécdota, que reproducimos de un libro de magia, en prueba de esta frecuente relación entre la mujer, el lobo y los demonios. "Un cazador encontró un día en las montañas de Auvernia un enorme lobo que le acometió. Logró el cazador cortarle una pata y el animal huyó lanzando grandes aullidos. Metió el cazador la pata en su morral y fué a pedir hospitalidad a un señor amigo suyo, al que deseó mostrar el producto de su caza. Al ir a sacar la pata vió con el natural asombro que se había trocado en la mano de una mujer, y que llevaba en uno de los dedos una sortija que el amigo del cazador reconoció por pertenecer a su consorte. Fué luego en busca de ésta y se dió cuenta de que ocultaba bajo el vestido uno de sus brazos mutilados. Le faltaba una mano, que era, como bien se comprobó, la que el cazador había sacado del morral. Se obligó a declarar a la mujer, que era bruja y que se había transformado en lobo para ir a un aquelarre. El marido la entregó a la Justicia, y fué quemada."

El animal que con más interés preferían las brujas para convivir con él era seguramente el perro, al que se creía una encarnación de Satanás. Ya hemos referido el caso del perro que había en un convento de monjas de Colonia, y como éste pudieran citarse muchos. En otro convento de una ciudad alemana se descubrieron los amores de una novicia con otro de estos animales, el cual no se supo cómo pudo penetrar allí, puesto que las religiosas estaban prevenidas contra los ataques del demonio, quien ya había anunciado a las monjas que no podrían librarse de su visita.

Dos novicias que dormían en sendas celdas separadas por delgados tabiques, acostumbraban a pasear siempre juntas, y como la superiora temiese la existencia de ciertas relaciones entre ambas jóvenes, procuró que se las vigilase para impedir la consumación de aquellos graves pecados, que, por otra parte, no eran ninguna novedad en los internados religiosos de la Edad Media.

Un día una de las viejas que vigilaban las celdas escuchó que una de aquellas jóvenes profería gritos entrecortados cuya naturaleza debía conocer muy bien la vigilante, y al efecto se puso a mirar por un ventanillo. Vió a la novicia extrañamente agitada y con un gesto placentero en el semblante que le infundió muy vehementes sospechas, y en seguida fué a comunicar a la madre abadesa lo que había visto. Esta no quiso proceder hasta que no tuviera pruebas, más que nada porque la joven en cuestión pertenecía a una familia de calidad y el padre era un personaje de gran poderío en aquellos contornos.

Sospechando que la muchacha estaba en la celda en amoroso coloquio con su amiga, ya que ésta no fué hallada por parte alguna, ordenó a la novicia que abriese la puerta, a lo que accedió sin replicar. Levantaron las ropas de la cama y no encontraron a nadie; pero vieron, sí, que había varios pelos negros "que no pertenecían a ninguna parte del cuerpo de la novicia", quien por otra parte no dejaba de hacer protestas de inocencia, asegurando que su señor padre tendría noticias de aquella ofensa que se hacía a su dignidad.

Esta amenaza parece que atemorizó un tanto a la superiora, y el asunto no pasó de ahí; pero cierta noche en que la vigilante hacía la requisa de las celdas, volvió a verse sorprendida por unos quejidos placenteros, y sin esperar a más penetró en la celda pronunciando el santo nombre de Jesús. En este momento escuchó un pavoroso aullido y a la luz de una bujía vió a un perro enorme y negro que saltaba del lecho de la novicia, pero que no pudiendo abrir la puerta, hubo de permanecer en la celda, siendo apresado por las monjas, a las que ayudaron los dos hortelanos, no sin necesidad de malherir al animal, que perdió un ojo en la pelea.

A la mañana siguiente se celebró una misa de desagravio a la que asistió el padre de la novicia, el cual reconoció que su hija no había nacido para ser la santa esposa del Señor, sino la repugnante concubina de un gigantesco perro. Después de esta acción de gracias, se procedió a quemar al perro, pero cuál no sería la sorpresa de las gentes al ver que en la habitación donde la noche antes se encerró malherido al animal, no estaba éste, y sí la amiga de la lujuriosa novicia, que en gravísimo estado no podía ocultar numerosas heridas, y sobre todo la falta de un ojo.

Como era de rigor en estos casos, se instruyó el correspondiente proceso, viniéndose en averiguación de que la hija del magnate era una bruja que mantenía relaciones con Satanás, el cual había tomado la forma de otra novicia y posteriormente la de una perra, para practicar el sucubado homosexual con la infeliz, que fué tostada en las parrillas de la inquisición con los restos del perro, ya que los hortelanos le dejaron casi hecho pedazos la noche que fué descubierto en la celda de la ardiente monjita.

Hubo una época en la Edad Media, cuando con más saña se combatió a los hechiceros, que las mujeres debían guardarse muy mucho de aproximarse a un animal cualquiera, si no querían incurrir en la sospecha de los inquisidores, que por lo general se traducía en un proceso, en muchas penas corporales y como final en la hoguera. En cuanto al macho cabrío, apenas si las mujeres del campo estaban relativamente exentas de las acusaciones de bestialidad satánica, las cuales alcanzaban también a los hombres. Muchas personas perdieron la libertad o la vida por el hecho de haber sido vistas con las cabras. Hasta la simple faena de ordeñarlas debía ser realizada después de rezar ciertas oraciones que tenían el poder de conjurar el poder de los espíritus diabólicos que se creían albergados en el cuerpo de estos animales.

Las gentes más cristianas no pasaban delante de una cabra sin hacer repetidas veces el signo de la cruz y pronunciar algunas palabras adecuadas al caso. Esta bestia infernal que Satanás había elegido para codearse con los mortales y ganar adeptos para su causa, gozó siempre de una reputación poco envidiable, hecho que se advierte en muchos pueblos primitivos y que aún sigue observándose entre las gentes de los distritos rurales de Europa, especialmente de Italia. En España los campesinos de Castilla dicen que "antiguamente las cabras hablaban con el diablo tres veces al día, para recibir determinados encargos suyos"; los caprinos emisarios inducían a las mujeres a pecar en nombre de Satanás, y se asegura que durante la noche

Los ritos satánicos

los machos cabríos tomaban la figura de apuestos galanes para tentar la virtud de las doncellas y para hacer traición a los hombres casados. Como se ve, el diablo realizaba dos transformaciones: se convertía primero en macho cabrío y después en hombre.

Muchas consejas referentes a la copulación de las mujeres con los machos cabríos y de los hombres con las cabras ocasionan cierta confusión en lo que se refiere a estas transformaciones satánicas. Hay gentes que admiten la existencia del diablo convertido en cabra, pero no faltan quienes creen que Satanás, primitivamente, es una cabra o un cabrón que toma la figura del demonio para ejercer el sucubado o el incubado, que muchas veces son homosexuales.

En los aquelarres era frecuente ver diversos animales, lo mismo machos que hembras, pero dotados de la inteligencia y los movimientos de los hombres. Si estos hechiceros, que primitivamente pertenecían al género humano, conservaban aspecto de animal era con el fin de no ser reconocidos por el resto de la concurrencia. Tales transformaciones eran muy frecuentes entre las gentes casadas, temerosas de que sus cónyuges pudieran asistir a las asambleas y reconocerlas con facilidad.

No obstante, a la hora de entregarse a los desenfrenos eróticos de las misas negras y otros festivales parecidos, los supuestos animales se unían carnalmente con hombres y mujeres en cópulas monstruosas e imposibles, tales que una mujer con un mochuelo, un toro con una mona, un murciélago con una mujer, etc. La particularidad esencial, según los buenos conocedores de la magia, era que, lo mismo el macho que la hembra, estaban dotados de órganos sexuales de la misma especie, aunque los cuerpos perteneciesen a especies distintas. Es decir, que una lechuza que se entregaba a las caricias de un hombre tenía los órganos genitales externos e internos de una mujer, lo mismo que el toro que copulaba con la hembra del murciélago disponía de un miembro igual al del murciélago macho.

Los gabinetes de los brujos hechiceros estaban habitados por numerosos animales hembras, con los que aquellos señores satisfacían los impulsos de su sexo. En estos casos lo primero que hacían era transformarles en mujeres, aunque si se trataba de cabras, monas u otras hembras de corpulencia semejante, se consideraba innecesaria la transformación.

Los gatos, fueran machos o hembras, gozaban de gran prestigio en la hechicería, especialmente por su supuesta lubricidad, aparte de que se creía que poseían en la mirada infinitas virtudes mágicas.

Como ya hemos visto en otros volúmenes, los gatos representaron un papel muy importante en la mitología egipcia, donde eran adorados por creérseles descendientes directos de Isis y Osiris, que parieron a la diosa Bubastis, hermoso felino que era adorado en los templos de la ciudad egipcia del mismo nombre.

Siendo la hechicería, como toda la magia, una herencia de las viejas mitologías de todos los pueblos, no tiene nada de extraño que se conserven esas tradiciones heredadas con mayor o menor pureza, pero sin que los principios fundamentales hayan sufrido profundas modificaciones. La adoración mitológica del gato, que tuvo su origen entre los egipcios, se extendió posteriormente a los demás pueblos influenciados por dicha civilización, aunque no con tanta importancia como la que alcanzaron otros cultos de la misma mitología.

Así pues, como restos de la antigua adoración de la gata Bubastis nos quedan las infinitas supersticiones relacionadas con los gatos, lo mismo en lo que afecta al color de su pelo, a los maullidos, al color y a la mirada de sus ojos, etc., sin prescindir de las características esenciales de la idiosincrasia gatuna, tales como su infidelidad, su voluptuosidad, su carácter irritable y traicionero, su esquivez y hasta la costumbre de la hembra de devorar a algunas de sus crías. En el ánimo de las gentes sencillas, estas particularidades de los gatos se interpretan como características del diablo, es decir, como bases de verdadera maldad.

Por esta razón las brujas que adoraban al Maldito creían que el satánico personaje tomaba la figura del gato, por cuyo motivo mantenían con los gatos esas relaciones sexuales que aun constituyen una modalidad del bestialismo fisioerótico o psicoerótico de las solteronas y menopáusicas, que derraman su ternura en estos animales, convirtiéndolos unas veces en amantes de su carne y otras en hijos de su alma.

Los gatos de Angora no son famosos sólo por su belleza, sino también por la preferencia que por ellos sienten las mujeres *nones*. Esta raza es seguramente la menos salvaje de toda la gran familia felina y la que mejor se adapta a la domesticidad. Antiguamente las devotas griegas y romanas de la Bubestir egipcia pagaban a elevados precios a estos animales, los cuales vivían cuidadosamente atendidos por los mismos eunucos que utilizaban aquellas damas para sus recreos más íntimos, con la particularidad de que el gato, a la vez que llenaba en ellas muy importantes necesidades eróticas, servía para santificar-

LA REINA DEL AQUELARRE
En las misas negras, una mujer hacía las veces de altar, después de haber sido nombrada, por su juventud y su belleza, reina de todas las brujas.

LÁMINA III

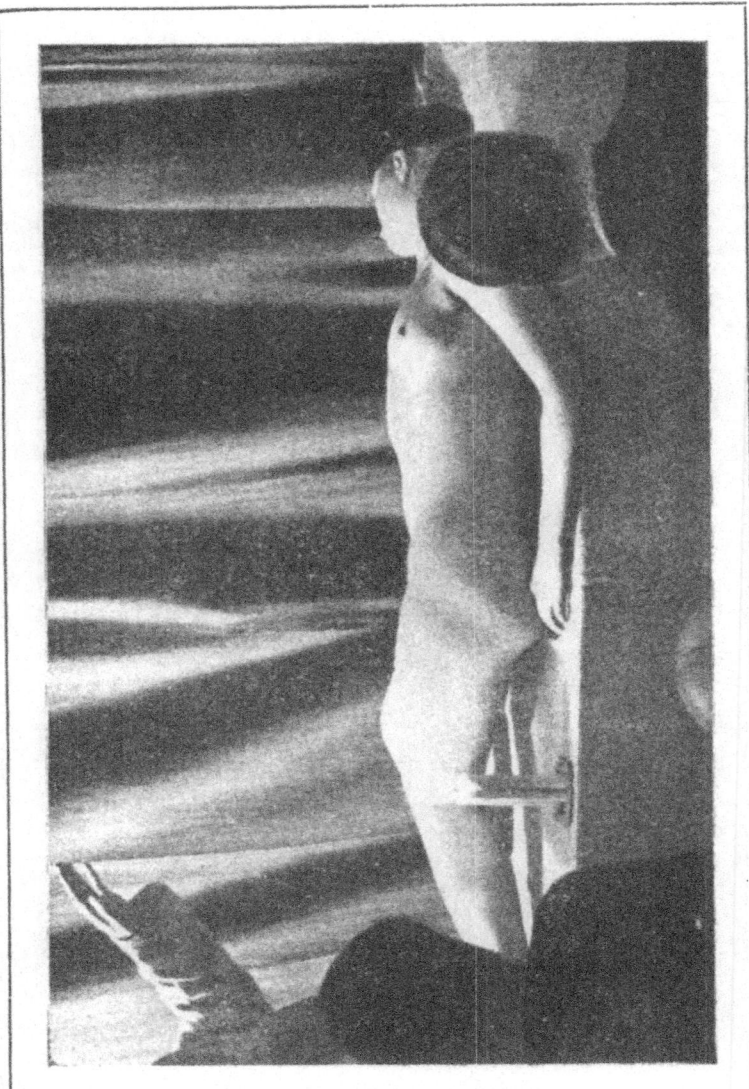

UNA MISA NEGRA MODERNA

Una mujer completamente desnuda es la imagen venerada en los ritos satánicos de la actualidad, los cuales se celebran como en los mejores tiempos del demonismo.

LAMINA IV

las un tanto, ya que dichos felinos eran divinidades del culto mitológico.

El asno y su hembra, como el toro y la vaca, ocuparon puestos menos importantes que los animales anteriores en las transformaciones de los brujos. Los demonios se transformaban en pegasos, o sea caballos alados, para transportar rápidamente a los brujos que querían utilizar sus servicios. Estos *taxis* infernales se ven reproducidos en diversas obras de magia de la Edad Media.

El bestialismo se practicaba con gran frecuencia entre los adoradores de Satanás, porque, como decimos, los demonios más importantes tomaban figura de bestias, lo mismo que los demonios mitológicos, como se aprecia en las leyendas de Io y el Toro, Leda y el Cisne, y muy particularmente entre las divinidades egipcias.

Como ya hemos dicho en otros volúmenes, los pueblos salvajes rinden un visible culto erótico a diversos animales, y en todas sus leyendas aparecen las relaciones sexuales entre hombres y bestias, a las que se cree encarnaciones de las divinidades del cielo o del infierno, más comúnmente de este último. No obstante, es preciso establecer ciertas diferencias, pues si algunas veces aparecen como manifestaciones de los cultos diabólicos, otras no son más que la interpretación de las creencias en las virtudes saludables de las divinidades encarnadas en las bestias. Mas el caso es que todos estos hechos tienden a demostrar de una manera incuestionable que el hombre ha vivido en algunas épocas subordinado a los seres de algunas razas inferiores de la escala zoológica, a los cuales se atribuyeron poderes y virtudes especiales que no tenían los hombres, y en lo cual podemos encontrar la razón del aspecto social del bestialismo íntimamente relacionado con el culto de las antiguas divinidades del bien y del mal, esto es, los dioses buenos y los entes infernales.

Representación medieval de la Corte Infernal

LAS MISAS NEGRAS

La obsesión de la fe.—Las ceremonias de los maniqueos.—La parodia de la misa cristiana.—Su origen.—La reina del aquelarre.—Cómo se celebraban las misas negras.—El agua infernal.—Descripción de una misa. La "hostia de amor".—Los oficiantes.—La doctrina de Beccarelli.—El cura Guibourg.—Una misa satánica en tiempos de Luis XIV.—Catalina de Médicis.—Las orgías satánicas.—Misa negra moderna.—Reuniones de sádicos.

No cabe duda que la misa negra es el aspecto más terriblemente diabólico y repugnante del inmenso conjunto de hechos que constituyen la magia negra.

Todo cuanto hemos dicho acerca de los demonios, de las brujas que montaban en las escobas para asistir a los aquelarres y de toda esa gente infernal que en realidad no existía más que en las imaginaciones exaltadas de aquellas gentes crédulas y rabiosamente incultas, huelga afirmar que no es más que una sarta de inexactitudes mantenidas por la tradición y por la ignorancia y el interés de los demonólogos que a fuerza de fe en Satán y en los demás personajes infernales y en virtud de diversos fenómenos neurósicos terminaron por ver al demonio de la misma manera que los buenos religiosos han visto mover los ojos al Cristo de Limpias: científicamente, la explicación de todos estos hechos difiere bastante de la que pretenden atribuirles los demonólogos y teólogos. Pero ahora, al referirnos a las misas negras, todo, absolutamente todo cuanto vamos a decir, es rigurosamente exacto; ha sucedido, ha tenido lugar en otros tiempos y sigue teniéndolo en los presentes, con todos o muy atenuados aspectos de los espantosos horrores que constituían las ceremonias de la feroz magia negra de la Edad Media.

La Inquisición cometió muchos crímenes abominables, no cabe duda; pero si se tiene en cuenta que muchos de aquellos castigos y martirios fueron impuestos a los hechiceros y brujos y aplicados con el máximo rigor, llegará a parecernos simpática aquella institución, después de conocer con algún detalle cuáles eran los delitos cometidos por los que, a juicio de aquellos tribunales, merecían los suplicios más horrendos. Después de todo, el sentimiento vindicativo de las gentes sanas modernas encontraría perfectamente justificada aquella justicia terrible para tales delincuentes: no cabe duda que siempre tuvo un valor certero la frase de "a grandes males, grandes remedios".

La misa negra solía celebrarse durante los aquelarres, ceremonias que indudablemente han tenido lugar en diversos puntos, si bien Satanás, como es fácil comprender, no asistía más que en imagen o representado por un macho cabrío, animalito que en realidad no ha tenido otra misión más real que la de fecundar a las cabras y la de calmar los ardores eróticos de muchas mujeres, ardientes partidarias del bestialismo más que del satanismo propiamente dicho.

Los datos más antiguos referentes a la misa negra pueden encontrarse en las ceremonias del culto de Manes, o sea el maniqueísmo, las cuales consistían en diversos ritos repugnantes, tales como comulgar con excrementos y hostias amasadas con semen y sangre menstrual.

Fué en la Edad Media cuando apareció la misa negra, que no era más que una parodia sacrílega del sacrificio de la Misa católica, o como dice Michelet, "una forma de redención de la Eva maldita por el cristianismo". Fué, como la mayor parte de las ceremonias sexuales del culto satánico, la protesta violenta y terrible contra las prohibiciones impuestas por la Iglesia a las relaciones de los sexos, especialmente a la mujer. Por eso dicen Laurent y Lagour que "la misa negra es la protesta de un pueblo oprimido: es el símbolo de la liberación esperada, es la comunión de la rebeldía". Era la reacción brusca causada por la opresión fuerte.

"En la misa negra, como en el aquelarre—dicen los citados autores—, la mujer lo fué todo; el altar, el sacerdocio, la hostia con que las gentes comulgan. El cura arroja a los pies a la mujer, anatematiza todo comercio carnal con ella, la juzga condenada al eterno sufrimiento que le originan las perturbaciones de sus órganos sexuales, y a toda costa quiere imponerle una siniestra máscara de austeridad y de dura vida de reclusa. Pero Satanás la coge de la mano, la levanta de su humillación, la glorifica, besa sus llagas y comulga en ella con la sangre de su perpetua herida, arrojando a su vez al suelo el Cristo odioso, creado, de pies a cabeza, por los frailes y los curas."

Tal fué el origen de la misa negra del culto satánico, ceremonia que tenía lugar acompañada de las prácticas más repugnantes, lúbricas y monstruosas que pueden imaginarse, ya que hasta el crimen cometido en la persona de infelices niños se consideraba como una de las más importantes del espantoso rito que necesariamente había de ser sangriento para que las invocaciones tuviesen la máxima eficacia.

Según los historiadores—a los demonólogos es mejor no hacerles caso—, al principio de la celebración de las misas negras, éstas tenían lugar al aire libre, lo mismo que los aquelarres, limitándose a ciertas prácticas, naturalmente sacrílegas, pero sin que se advirtiese el predominio del elemento de tremenda lubricidad que fué la posterior manifestación de tan asombrosas asambleas. Pero debió ser durante tan poco tiempo cuando tuvieron efecto las misas dentro de los límites de una relativa prudencia, que apenas si es posible encontrar narraciones que sirvan de base para diferenciar debidamente unas ceremonias de otras. No obstante, el aquelarre era una cosa y la misa negra otra; mas al celebrarse al mismo tiempo ambas ceremonias es cuando ya se convirtieron en espectáculos de una obscenidad mucho mayor que las famosas bacanales de la decadencia romana, las dyonisíacas, las fiestas de Cibeles y todas aquellas orgías del culto de Venus en las que, a pesar de todo, las cosas ocurrían de una manera mucho más discreta y menos terrible que entre los medioevales adoradores de Satán.

Conforme a los relatos de los autores antiguos y seguramente de algunos escritores modernos, las misas negras se dividían en varias partes, lo que debió ocurrir en virtud de la fusión de la misa primitiva con los ritos de los aquelarres, ya que en principio parece ser que el ritual no era más complicado que el que establecieron los primitivos maniqueos. Por esta razón fué preciso hurtar el diabólico oficio a la curiosidad de las gentes, y si en principio tuvo lugar en el campo, después fué preciso celebrarlo en lugares cerrados, como por ejemplo los subterráneos de los castillos, en las ruinas de los palacios, en los grandes panteones de algún viejo cementerio o en otros lugares parecidos.

Durante la celebración de los aquelarres, tenían lugar las ceremonias del bautismo negro, parodia del sacramento cristiano, y seguidamente se verificaba la misa tremenda (Lámina II).

La reina del aquelarre se tendía completamente desnuda sobre un lienzo negro delante del añoso tronco de cualquier árbol muerto, cuyas ramas imitasen los miembros superiores de un ser fabuloso y provisto de cuernos, semejante a la sombra del diablo. (Lámina III).

Sobre el cuerpo de esa mujer, generalmente la más bella y hermosa de cuantas asistían, se consagraba la hostia infernal, lo mismo que su absorción, parte esencial del Oficio divino que aquí se transforma en el oficio maldito.

En torno de los oficiantes, los devotos asisten a la ceremonia teniendo en la mano grandes cirios negros en cuya confección entra frecuentemente grasa de los cadáveres de los ahorcados. Los fieles guardan un silencio profundo para que puedan escucharse con claridad los latines que reza el sacerdote, perteneciente, por lo general, al culto católico, pero que al mismo tiempo hace compatible el buen sacerdocio con el culto a Satán, al que cree dotado de tanto poder como tenga el Dios Bueno.

Cuando se celebraron las misas negras bajo techado, el árbol simbólico fué sustituído por una escultura de Satanás tallada en madera y provista de un enorme falo en erección, que las mujeres tenían que besar con reverencia nada más llegar al local convertido en templo. Los asistentes iban desfilando con lentitud ante la repugnante imagen, y muchas mujeres practicaban con ella los mismos acoplamientos que constituían el homenaje a Príapo en los festivales de iniciación sexual de las jóvenes doncellas de Grecia y de Roma.

A la entrada del templo había un recipiente que remedaba la pila del agua bendita de las iglesias, donde los demonólatras orinaban y escupían. Luego mojaban allí los dedos de la mano izquierda, y así se persignaban en la parte posterior de la cabeza, haciendo de esta forma el signo de la cruz. Todas estas operaciones se ejecutaban mientras se pronunciaban las más atroces blasfemias e invocaciones lúbricas al rey de los infiernos, o también realizando gestos de una obscenidad aterradora. Aquellos que pronunciaban las mayores blasfemias y ejecutaban otras irreverencias por el estilo, eran tenidos por entes poco menos que superiores entre aquellos cofrades del culto más bestial y repugnante que puede concebirse.

Por lo general el oficiante era un sacerdote del culto católico y a veces una sacerdotisa que se presentaba en el altar completamente desnuda, aunque velado el cuerpo por una gasa negra y con la cabeza adornada con las mágicas flores de la verbena. La sacerdotisa pasaba con majestuosa altivez por entre las dos filas formadas por los fieles, que tenían en alto grandes cirios negros que producían una humareda de olor repugnante y denso.

"Rezaban luego el *Introito*—dice el doctor Escalante en su obra *Satanismo erótico*—, concebido en estos términos: "Entro en el altar de mi dios, del dios que venga a los oprimidos y a los débiles. ¡Sálvanos, Señor, del pérfido y del violento!"

"Se renegaba luego de Jesús—prosigue—y se rendía ferviente homenaje a Satán, "al desterrado injustamente del cielo", decía el oficiante, y repetían los fieles. Todos desfilaban ante el altar, para besar el trasero de una estatua de madera que representaba un Satanás enorme, monstruosamente fálico. El oficiante se entregaba a este ídolo impúdico, realizando (simulando, cuando menos), un obsceno ayuntamiento, entre una espesa nube de humo, resultado de la quema de muchas plantas, cuya combustión producía, además de la humareda asfixiante, un olor acre que producía lagrimeo, estornudos y mareos. El ayuntamiento, natural o sodomítico, del oficiante con el Satanás priápico, autorizaba a los asistentes a la misa negra a practicar a lo vivo actos análogos, con promiscuidad brutal de sexos y de caricias. La satisfacción erótica o el cansancio del oficiante ponía de momento fin al libertinaje demoníaco, y empezaba la segunda parte de la sacrílega ceremonia."

No obstante, los actos de desenfrenada lascivia de que habla el doctor Escalante, si hemos de creer a otros autores, no tenían lugar hasta última hora y como apoteosis del soberbio espectáculo. Pese a la autorizada opinión del citado escritor, es casi seguro que las cosas ocurrieran de la forma dicha por los narradores que asistieron a esas ceremonias.

Por lo general, como ya hemos dicho, los oficiantes en las misas negras solían ser sacerdotes de la verdadera Iglesia, ya que sólo los sacerdotes tenían el suficiente poder para la consagración de la hostia infernal. Pero el altar era siempre una mujer joven, preferiblemente virgen, y muy bella. No es cierto, como aseguran algunos autores, que para esta misión tan importante se eligiera a una vieja, porque las mujeres en estas condiciones jamás han despertado la lubricidad como puede hacerlo una joven.

La mujer se echaba completamente desnuda sobre un sitial de madera todo cubierto de telas negras, y no muy ancho, para que en un momento dado de la ceremonia, la joven pudiera hacer que colgasen sus piernas a ambos lados, de forma que sus órganos sexuales se mostrasen claramente al oficiante. Este se arrodillaba ante la mujer, o por mejor decir, ante su sexo, y allí pronunciaba el credo de Satanás, al mismo tiempo que, de cuando en cuando, besaba la vulva de la sacerdotisa o practicaba el "cunnilingus", muchas veces hasta que la mujer experimentase el orgasmo.

La ceremonia de la consagración consistía en confeccionar una delgada torta de harina que se amasaba con sangre menstrual y semen humano, que era rápidamente cocida en una sartén sobre un fuego en el que ardían maderas y especias que hacían una humareda densa y nauseabunda. Esta torta se denominaba "hostia del amor", y una vez cocida era repartida entre los fieles de Satanás. Otras veces se operaba con hostias legítimas, que una sociedad de mujeres que comulgaban varias veces al día logró reunir, haciendo la comunión, aunque en realidad las sacaban de la boca tan pronto como no eran vistas por el sacerdote. Esto ocurría en París en 1855, y anteriormente en otras poblaciones. Una revista decía en 1843, que durante veinticinco años una sociedad satánica de Agen había profanado 3.320 hostias legítimas para la celebración de sus misas negras. Cuando las autoridades eclesiásticas se dieron cuenta de estos crímenes, muchos devotos de Satanás ya habían muerto, pero algunos de estos cadáveres fueron desenterrados y quemados en la hoguera inquisitorial.

En otras asociaciones que a más de satánicas eran libertinas, la comunión no se hacía a base de esa hostia, sino que la forma era sustituída por unas pastillas afrodisíacas inventadas por el cura Beccarelli, el cual ejercía el sacerdocio en una iglesia católica. El efecto de dichas pastillas era muy rápido, y los fieles eran atacados de verdaderos accesos de lubricidad homosexual, ya que, según dice un autor, "luego de haberlas ingerido y bajo su acción, los hombres se creían cambiados en mujeres, y las mujeres en hombres".

Cuando el sacerdote había terminado el oficio, que por lo general consistía en ciertas maniobras de una repugnante lubricidad escatológica, la mujer que hacía de altar elevaba las manos al cielo desafiando a los poderes divinos por medio de horribles imprecaciones. Los gestos más obscenos y los insultos más atroces eran pronunciados por toda aquella gente fanática, que al no experimentar los efectos del poder del buen Dios encaminado a reprimir tales desmanes, se creía mucho más protegida por Satanás que por las divinidades celestiales, impotentes para evitar tamañas ofensas.

Lo mismo que el cristiano invoca a Dios y a los santos en demanda del bien para sí o para los suyos, encargando misas de rogativas o en acción de gracias, los adoradores de Satanás impetraban de los poderes infernales todo lo contrario, pidiéndole al demonio que empleara su irresistible poder para producir daños a las personas que se le indicaban. Los que querían inferir daños de cualquier naturaleza, ya fuera en la vida o en la hacienda de su enemigo, pagaban a buen precio la celebración de una misa negra. Muchos creyentes que no fueron escuchados por Dios en la petición de bienes o favores, se entregaban al culto satánico cambiando las prácticas religiosas por los ritos infernales. La piedad y la superstición ocupaba por igual el alma de muchos individuos.

Una de las razones de este culto simultáneo estaba, sin duda alguna, en el hecho de que los sacerdotes de la Iglesia romana, y seguramente los de más prestigio, oficiaban lo mismo en la Casa de Dios que en las cavernas del diablo.

Muchos fueron los sacerdotes que de día oficiaban en los altares de Dios y por la noche explotaban la superstición de los adoradores de Satán en las misas negras. Un autor francés cita a los siguientes: Francisco Mariette, vicario de San Jerónimo; José Cottón, coadjutor de la iglesia de San Pablo de París; el abate Tournet, que murió quemado vivo en la plaza de la Grève, "por haber celebrado una misa negra sobre el vientre de una jovencita de catorce-años, a la que violó durante la ceremonia sacrílega"; Bartolomé Lemeignan, vicario de San Eustaquio, al que se acusó con pruebas de haber hecho en los oficios diabólicos sacrificios humanos; el canónigo Duret, que practicaba la nigromancia, evocaba al diablo y acabó siendo ejecutado como hechicero en el año 1718. Otros "sacerdotes negros" fueron los también eclesiásticos Lefranc, obispo y confesor de la hermana de Luis XIV; Brigallier, capellán y confesor de las religiosas de Saussaye; Bouchot, el canónigo Dulong, el vicario Delaurens, los abates Dubousquet, Lemperier y Lepreux; Davot, cura de San Severiano, y los muy célebres Beccarelli, Gaudfrey, y, sobre todos, el abate Guibourg, el famoso hechicero de los tiempos de Luis XIV, el cual logró reunir en su otrno a lo más selecto de la aristocracia francesa, lo mismo que muchos años más tardes hiciera el célebre Rasputin de la corte de los zares de Rusia.

El padre Becarelli era un lombardo que embaucó a sus compatriotas predicándoles las doctrinas más extrañas: es el de las pastillas afrodisíacas. Instituyó un apostolado que formaban doce hombres y doce mujeres, a los cuales dió el encargo de predicar y extender por toda Italia el culto de Satanás, que él decía haber perfeccionado.

El ritual de esta nueva doctrina consistía en que el sacerdote podía entregarse a toda clase de prácticas eróticas con los fieles de ambos sexos. Estas ceremonias tenían lugar en sitios ocultos, donde se practicaban todas las aberraciones y monstruosidades que pueden imaginarse. Hombres y mujeres asistían a las ceremonias completamente desnudos, y como las pastillas afrodisíacas que reemplazaban a la hostia tenían esa extraña propiedad de que hemos hablado, o sea "convertir a las mujeres en hombres y a los hombres en mujeres", de ahí que ellas se proveyesen de unas imitaciones fálicas que se sujetaban a la cintura, para practicar con los hombres actos sodomíticos. Este cura fué condenado a galeras, donde estuvo remando durante siete años, hasta que murió agotado por los tremendos esfuerzos que se veían obligados a realizar estos condenados.

Los oficios sacrílegos del cura Guibourg son seguramente los más famosos de todos cuantos se registran en las declaraciones y narraciones de los adoradores de Satán que fueron perseguidos por la Inquisición. El Dr. Légué, en su libro titulado *Médicos y Envenenadores*, dice que el siglo de Luis XIV vió el triunfo de la misa negra. En sus interesantísimas narraciones se ve desfilar a lo más selecto de la sociedad francesa, especialmente a las damas, las cuales concurrían con asiduidad a las reuniones que tenían lugar en el palacete de la Voisin, célebre e intrigante bruja que conocía a la perfección los más complicados secretos del culto satánico, y a cuyo servicio estaba el abate Guibourg, principal oficiante en las misas negras que tenían lugar en casa de la Voisin.

Las damas más encopetadas de la corte de Luis XIV protegían a la bruja, de la que siempre obtenían mágicos favores. "Todas—dice Légué—van a pedirle filtros para conseguir la muerte de un marido odiado, para hechizar al amante, para prolongar una juventud que la vida licenciosa gastó muy de prisa, para matar en sus entrañas el fruto de un reciente adulterio y para poder continuar al siguiente día las expediciones voluptuosas por las comarcas de los amores ilícitos."

La Voisin tuvo entre sus amantes a los dos verdugos de París, a los cuales no amaba, pero que le prestaban servicios tan importantes como los de facilitarla carne, sangre y grasa de los ahorcados, elementos muy necesarios para la preparación de sus mágicos filtros y venenos que con tanta celebridad alcanzaron entre los personajes de aquella corte de degenerados y pervertidos sexuales.

En una de las habitaciones de la casa de la bruja, que tenía el aspecto de un verdadero palacio adornado con los muebles y objetos más ricos, estaba dispuesto un altar en cuyo centro se elevaba una especie de túmulo sobre el cual había de tenderse la sacerdotisa que hacía de altar verdadero.

El autor citado, refiriéndose a la ceremonia de una misa negra,

Los ritos satánicos

en la que actuó de altar la famosa madame de Montespán, amante de Luis XIV, oficiando como gran sacerdote el cura Guibourg, dice:

"En esta ocasión Guibourg opera para una pecadora de alto rango, madame de Montespán, calle de Beauregard, no lejos de Nuestra Señora de la Buena-Nueva. El altar viviente será la dama, desnudez escogida bajo el lujo de los vestidos, Venus de los senos vigorosos y las anchas caderas, bella Danae que recoge la voluptuosidad del Júpiter real que se llama Luis XIV.

"Llega la dama. La puerta de un jardín es abierta por la viciosa hija de la Voisin. La dama perfumada, enjoyada, velada y discreta penetra en el pabellón revestido de negro. La hija de la Voisin caminaba tras ella. Apenas entró se desnudó ayudada por la joven, quedando libre de ropas la maravilla blanca de su cuerpo escultural, digno de ser eternizado por el cincel de un Cogsecox o de un Couston. Las caderas, de una maravillosa pureza de líneas, sostenían un busto impecable, y el opulento y sólido seno acusaba el vigor y la energía de un temperamento ardiente. Se dejó puesto el antifaz. Su cabellera rubia llegaba hasta el suelo. La marquesa de Montespán estaba preparada para el rito.

"Se tendió sobre el altar, con las piernas colgando por ambos lados y con la cabeza puesta sobre una rica almohada de seda. Sus brazos cuelgan también. Y como un montículo de carne, su vientre maravilloso se abomba, dispuesto a todo...

"Friamente, al menos en apariencia, Guibourg mira el antifaz de terciopelo donde brillan los ojos de la ambiciosa Magdalena. Coloca el sacerdote una cruz sobre el seno de la marquesa y extiende una servilleta sobre su vientre para dejar allí el cáliz. Después comienza la impía ceremonia, en la que Margarita Voisin, la hija de la bruja, hace las veces de monaguillo completamente desnuda.

"La Montespán, dirigiéndose al sacerdote, le dice:

"—Viejo borracho, el alcohol y las mujeres han consumido tus energías y te han dado esa máscara de embrutecimiento; pero dime: ¿sabrás tú hacer lo necesario para que yo obtenga lo que deseo?

"El esclavo del Diablo y de los Grandes, el vil satélite de los infiernos responde respetuosamente:

"—Estad segura, altiva señora, que yo te daré satisfacción. Sí, yo tengo setenta años, mas he comido de tal forma los manjares del Príncipe de las Tinieblas, que mi alma, victoriosa de la edad y de la muerte, sabe por un milagro rejuvenecer y hacer firmes a las carnes desfallecientes. Tened fe en la alianza de Cristo y de Lucifer que sobre ti va a cumplirse. La operación del sacrilegio te dará, ¡oh Diosa!, la mitad de un cetro.

"El sacerdote ha perdido su calma anterior, y en él aparece el gesto feroz del hombre satánico, el renegado que ante nada se detiene. La mujer desnuda, que por un momento se ha incorporado, vuelve a echarse en silencio. La hija de la Voisin la cubre el sexo con una pequeña servilleta, y Guibourg coloca un cáliz entre sus muslos. Ahora es cuando en realidad comienza la misa negra.

"El pontífice besa los senos de la Montespán; después el vientre. Luego se deleita en una caricia larga, posando su boca abierta sobre el sexo de la sacerdotisa. Guibourg se ha puesto ahora una casulla blanca sembrada de motas negras. Entre los labios de la vulva coloca un trozo de hostia que después retira y se introduce en la boca: está comulgando. Se aproxima el momento de la consagración. Guibourg exclama:

"—¡La víctima! ¡Traed la víctima!

"En el momento de alzar, la Voisin repiqueteó en un vaso que le servía de campanilla, y se abrió una puerta por la que apareció una mujer llevando envuelto en trapos a un niño de pocos meses. El sacerdote esgrime un cuchillo, y de un enorme tajo degüella al inocente. La cabecita se queda inclinada como una miniatura de la de Cristo clavado en la cruz. La sangre sale a borbotones de la tremenda herida, y cae sobre el cáliz y sobre el vientre de la marquesa, que abre sus brazos, como una crucificada, plena de una alegría horrible.

"El cadáver es recogido por una hechicera, que lo descuartiza y extrae las entrañas, que han de servir para otros encantamientos.

"Guibourg ha mezclado la sangre y el vino en el cáliz, y allí deposita los trozos de una hostia robada en una iglesia, añadiendo una porción de polvos de huesos de niños asesinados por él. Luego se bebía la infame mixtura, pronunciando las siguientes palabras con un gesto sacramental:

"—Este es mi cuerpo y esta es mi sangre.

"Por último arroja el sobrante del vaso sobre el cuerpo de la Montespán, y aplicando sus labios al sexo de la marquesa, bebe allí el resto de la mixtura, que baja de la curva de su vientre sobre los muslos, ejecutando el acto que hizo famosas a las mujeres de Lesbos.

"Y se dice que Satanás, contento y satisfecho, da la recompensa prometida, y que al día siguiente la cortesana ganó el corazón de Luis XIV, porque el príncipe de los infiernos había escuchado de labios del sacerdote la petición que la Montespán hacía, escrita en una hoja de pergamino virgen:

'"Yo, Francisca Athenais de Montemart, marquesa de Montespán, pido el afecto del Rey y de monseñor el Delfín, y que nunca me falten; pido que la Reina resulte estéril, que el Rey abandone su lecho y su mesa por mí y mis allegados; pido que mis servidores y domésticos le resulten agradables...; pido que esta amistad, siendo cada vez más intensa y superior a todo, baste para que el Rey abandone y ni siquiera mire a la Fontanges (otra querida de Luis XIV), y que, siendo repudiada la Reina, yo me pueda casar con el Rey."

La Montespán no ocupó las gradas del trono de Francia, pero fué la favorita del monarca durante mucho tiempo. Este triunfo de la ambiciosa cortesana hizo que creciera la fama de la Voisin y de su sacerdote Guibourg, el cual se acreditó como el primer ministro de Satanás. Este hombre hizo vida marital durante más de veinte años con una ramera llamada Fleurette y apodada "la Chanfrein", sobrina de un verdugo, con la que tuvo bastantes hijos, a muchos de los cuales asesinó Guibourg para realizar sus famosas prácticas infernales.

La Montespán celebró dos misas negras más, ya que por lo visto eran necesarios tres sacrificios de esta índole para poder obtener lo que se solicitaba del poder de Satanás. En todas estas ceremonias siguió oficiando Guibourg, que gozaba de gran ascendiente entre las damas de la época, en cuyos vientres había celebrado diversas misas negras. Para dar variación al sacrilegio, había instituído otra clase de misa denominada "la misa de la esperma", durante la cual confeccionaba unas hostias especiales con harina, sangre menstrual y semen. "Los archivos de la Bastilla—dice Huysmans—nos revelan que procedió de este modo a petición de una señora llamada Des Ceillettes. Esta mujer que estaba menstruando dió sangre suya; el hombre que la acompañaba se escondió en la alcoba de la estancia donde ocurrió ésto, y Guibourg recogió su semen en el cáliz. Luego incorporó la sangre y un poco de harina y verificadas las sacrílegas ceremonias, Des Oeillettes se fué llevando consigo la pasta así preparada".

Catalina de Médicis también celebró algunas misas negras con el deseo de conseguir de Satanás que salvase la vida al príncipe Carlos IX. La narración de uno de estos actos aparece en la *Demonio-manía* de Bodín, publicada en 1580.

"Fracasada la Medicina—dice—, y probado que eran vanos los auxilios pedidos a los astrólogos, determinóse la Reina a recurrir a la magia, consultando el oráculo de la "cabeza ensangrentada" durante la celebración de la misa diabólica. Se decía esta misa ante la imagen de Satán, que tenía a sus pies la cruz puesta del revés.

"Como víctima propiciatoria eligióse un adolescente sano de cuerpo, al que un capellán de palacio preparó secretamente para hacer la primera comunión.

"Llegada la noche que se había señalado para la criminal ceremonia, al dar las doce, un fraile dominico, práctico en los ritos mágicos, dió comienzo a la misa. Asistían a ella el Rey, su madre, algunos individuos de la familia real y varios personajes de su intimidad.

"El celebrante consagró dos hostias, una negra y otra blanca. La víctima, el infeliz destinado al sacrificio, presenciaba, vestido de blanco y de rodillas la ceremonia maldita, sin sospechar el papel que en ella le habían asignado sus verdugos.

"Dió el oficiante a la inocente criatura la hostia blanca, e inmediatamente se arrojó sobre él, derribóle con violencia en el suelo y le cercenó la cabeza de una tremenda cuchillada. Colocó luego la hostia negra en una mesa y la sangrante cabeza sobre ella.

"Entre las espesas nubes de humo que despedían unos braserillos, donde se quemaban mágicos perfumes, el celebrante apostrofó a la cabeza conjurándola para que contestase a una pregunta que quería hacerle el Rey. Levantóse luego el monarca, y acercando sus labios a una oreja de la testa mutilada, formuló en voz baja una pregunta, que era, sin duda, una interrogación al averno, sobre la duración de su amenazada existencia... Y los labios del lastimoso despojo se entreabrieron y se oyó una voz que parecía llegar de muy lejos, articular claramente: "¡Vim patior!" (¡Me veo obligado!)

"Interpretando la respuesta como una declaración de impotencia de Satán para conservar su miserable vida, el Rey se estremeció de espanto y gritó: "¡Leváos esa cabeza!... ¡Lleváos esa cabeza!"

"Hasta el momento de su muerte, que no se hizo esperar, repitió constantemente aquel grito de horror, ronca la voz, extraviada la mirada, poseído de un terror insuperable..."

Los sacrificios humanos, tan frecuentes en las misas negras de la Edad Media, fueron abolidos así que la Policía perfeccionó sus métodos de investigación que hacía imposible la impunidad de estos crímenes espantosos. No obstante, las gentes que admitían el culto de Dios y el de Satanás al mismo tiempo, creían de buena fe en el poder diabólico y hasta cierto punto no consideraban que ofendían a Dios con sus prácticas abominables, más que nada porque aún era posible reconquistar el derecho al cielo a cambio del dinero o las penitencias, ya que con las bulas no era difícil en aquellos tiempos conseguirlo todo. En principio, eran las gentes más incultas las que profesaban esa adoración al diablo, pero más tarde participaron en esas ceremonias personas de encumbrada posición. "Seguramente—dice Lancre—hizo cambiar esencialmente el carácter del culto a Satán la intervención de este elemento, de esta gente ociosa, adinerada y viciosa. No tardó en trocarse en lúbrica saturnal, lo que al nacer fué, sin duda, una invocación desesperada al "gran rebelde" para que librara al pueblo de la opresión en que malvivía bajo la tiranía cruel y codiciosa de los señores. Era un rito bárbaro, y se convierte en innoble sacrílego y se trueca en criminal. Ya no será en adelante una ceremonia de protesta—aunque fuese absurda—, un acto de rebelión, una manifestación de súplica, de indignación, de cólera y de angustia. Será una impura fuente de sensaciones morbosas, una orgía loca, una pesadilla en la que los más torpes deseos se agitan ansiosos de reprobables satisfacciones."

A este extremo llegaron los herejes maniqueos, si hemos de creer en el contenido de las Actas del Concilio de Orleáns, donde se describen con cierto detalle las diabólicas ceremonias de las misas negras. "Ciertas noches se reunían en una casa determinada, llevando cada hereje una luz y hacían una procesión, cantando los nombres de los demonios, en una especie de letanía, hasta que Satán se les aparecía, generalmente en forma de animal. Cuando la visión era bien clara para todos los asistentes, apagaban todas las luces. Cada uno de los diabólicos fieles se apoderaba de la mujer que tenía más cerca y se ayuntaba con ella sin parar mientes en si era su propia madre o su hermana. Estos emparejamientos brutales los consideraban, hasta siendo incestuosos, como una acción lícita y grata al mal espíritu que ellos adoraban. Si de esta infame unión nacía un hijo, se le dejaba vivir una semana, en cuyo término se le quemaba en sacrificio a Satán. Se hacía la criminal ofrenda en una gran ceremonia en que, a ser posible, se extremaba el libertinaje de las asambleas ordinarias. Las cenizas que dejaba el cuerpo de la infeliz criatura sacrificada se recogían en una caja de plata y se conservaban con gran celo. Tenía esta ceniza, por obra de Satanás, virtudes maravillosas."

Pero a pesar de los siglos transcurridos y cuando los progresos de las ciencias todas parecen imposibilitar en absoluto que subsistan esas atroces creencias en los diablos y en los poderes de Satanás, no cabe duda que en algunos países y en ciertas grandes ciudades se siguen celebrando misas negras, menos satánicas y más lujuriosas que las que tuvieron lugar en la Edad Media.

Por lo general, es en las casas privadas de prostitución y en algunos salones elegantes donde se repiten las espantosas escenas de sacrilegio de los oficios infernales, a excepción de los sacrificios humanos únicamente, los cuales son substituidos por la muerte de animales tan mansos como el cordero o el cabrito. En París se celebran aún estas reuniones de gentes ávidas de goces inconfesables, y algunas han sido sorprendidas por la Policía entre las espesuras propicias del Bosque de Bolonia.

Un escritor dice, que una agencia dirigida por una mujer llamada Susana D... reunía por medio de anuncios en los periódicos a las gentes deseosas de experimentar en común los placeres perversos. De esta forma se constituyó un club de sadistas, masoquistas, "mirones", lesbianas, pederastas, y, en fin, de toda la gama de pervertidos e invertidos de los dos sexos. "Había—dice—tres o cuatro personas más refinadas todavía que las otras en las ignominias carnales: dos sacerdotes, realmente satánicos, y dos damas de nombre aristocrático y penetradas de un extraño misticismo debido a la desviación de su educación religiosa."

Al principio, los miembros de este club se limitaron a practicar en común toda clase de excesos eróticos; pero más tarde, las mujeres aludidas propusieron a sus compañeros la celebración de una misa negra. La idea fué acogida con gran entusiasmo, sobre todo cuando uno de los personajes renegados de la Iglesia inició a los profanos en los misterios del culto satánico, indicando cuales eran los principios esenciales de una ceremonia de esta naturaleza, así como las emociones que pueden experimentarse.

La vizcondesa de Z... ofreció su hotel. La casa estaba aislada al fondo de un jardín, de forma que no era posible que la orgía trascendiese al exterior, aparte de que concedería permiso a la servidumbre compuesta por dos mujeres. Los invitados, escogidos con esmero, deberían escalonar sus entradas a partir de las ocho de la noche. Los dos sacerdotes negros dieron a cada uno las instrucciones necesarias, y al dar la media noche en un reloj próximo, todos los invitados estaban presentes para celebrar la vergonzosa misa.

Los vestidos cayeron a una señal dada por uno de los sacerdotes. Veinte desnudeces, diez masculinas y diez femeninas aparecieron iluminadas por un centenar de cirios colocados adecuadamente en el salón de ventanas bien cerradas donde una escalera baja y ancha servía de coro en la improvisada iglesia.

Cuando estuvieron hechos todos los preparativos, uno de los sacerdotes se dirigió a los invitados en estos términos: "Hermanos míos: esta misa no es un simple aspecto de nuestros placeres refinados; es desde el fondo de mi corazón sublevado desde donde yo os pido adorar aquí a Satán, el insultado y odiado por la gente vulgar ignorante de su verdadero poder y su verdadera belleza. Conmigo debéis bendecirle y adorarle, porque Satán preside, en realidad, todo lo que de bueno, hermoso y bello hay en la vida. Y lo mejor de la vida, ¿no es el amor, el pecado en cualquier forma, deseo natural del cuerpo o del espíritu, de la actividad civilizadora, en cualquier dominio que se ejerza? ¡Meditadlo bien! Dios, es la tristeza y el tedio: Satán es la alegría y la acción."

Al terminar estas palabras, el cura satánico descorrió una cortina tras la cuál apareció la dueña de la casa tumbada boca arriba en un diván, lo mismo que la Montespán en los tiempos de Guibourg, para actuar de altar viviente en la infame ceremonia. No pueden efectuarse los sacrificios humanos de entonces, porque en la Prefectura de Policía hay inspectores demasiado sagaces para que estos crímenes permanezcan impunes. Pero a precio de oro han logrado los satanistas llevar una joven de catorce o quince años, a la cual se le ha prometido una cantidad importante a cambio de someterse a los actos del oficiante en la diabólica. La niña tiembla ante aquellas gentes distinguidas que conservan los mejores modales. Seguidamente, dos acólitos la sujetan a un caballete para construir el símbolo del sacrificio que siempre es necesario hacer a los dioses.

Uno de los sacerdotes recita los latinajos infernales que lee en un libro. Por toda vestimenta, tiene una especie de casulla en forma de cruz invertida que le cubre la espalda. Toma dos hostias consagradas y anuncia que va a profanarlas con la mayor alegría, realizando con ellas las peores abominaciones. El otro cura esgrime un látigo, y con toda la fuerza de su brazo comienza a descargar golpes sobre el cuerpo de la infeliz criatura que grita pretendiendo desasirse de las ligaduras que la oprimen. El oficiante clama las más horrosas maldiciones, mientras pisotea la cruz de la casulla que ha arrancado de sus espaldas. El otro sigue golpeando con ferocidad inaudita el cuerpo de la niña, hasta que brota la sangre necesaria para la comunión de aquellas pobres carnes martirizadas.

El malvado sacerdote toma una esponja empapada en vinagre y

ordena a su compañero que cese en los golpes para recoger con la esponja el vino de las venas que mezcla con el vino de las viñas. Luego exprime la esponja en un cáliz que se lleva a los labios. Entre tanto, los asistentes a la criminal ceremonia dan muestras de la más lúbrica excitación, pero el oficiante reclama un poco de paciencia, puesto que va a terminar la ceremonia. (Lámina IV.)

En efecto, toma una de las hostias y la coloca en la vulva de la vizcondesa que hace de altar, y allí, lenta y refinadamente extrae con la lengua los pedazos de la sagrada forma, mientras que la mujer se extremece en un intenso espasmo. Tal es la comunión consumada. Entonces los fieles se entregan a los mayores desmanes eróticos en una promiscuidad horrible, y el salón se llena de blasfemias, de maldiciones, de besos, de gritos de placer, de espasmos de locura... Y cuando la orgía ha terminado, la vizcondesa obsequia a sus amigos con una cena delicada y reconfortante, y ya de madrugada los fieles desaparecen en pequeños grupos satisfechos de la bestial ceremonia de una religión infame en que acaban de ser iniciados...

Estas misas negras continúan celebrándose aún; un escritor dice que en Barcelona han tenido lugar recientemente actos de esta naturaleza, y cita también algunos casos en otras grandes ciudades europeas.

Hasta hace unos años, los literatos y pintores que siguen aferrados al recuerdo de los buenos tiempos de Grecia y del Renacentismo, dieron en producir obras de carácter satánico, hablando de la misa negra, sin duda para seguir la escuela realista de los satanistas franceses, entre los que destaca Huysmans. Pero éstos nuestros artistas, invertidos por razones biológicas o simplemente profesionales, son tan desgraciados y buenas personas que en una misa negra de la que tuve noticias, realizaron el sacrificio "asesinando" a un muñeco de goma, el cual estaba provisto de una vejiga que habían llenado de una solución de anilina roja. Tales ridiculeces son muy frecuentes entre cierta clase de refinados que pretenden, en estos tiempos, sentar plaza de originalidad negando la existencia de Dios y admitiendo la del Diablo.

No obstante, lo que antes era una misa negra, tan repugnante y terrible, aunque hoy se sigan llamando así a esas reuniones de aburridos y degenerados, no pasan de ser asambleas de pobres diablos, en el mejor sentido de la palabra, incapaces de creer en la eficacia de esas estúpidas ceremonias, a las que no se concede la menor importancia, como no sea en sus rituales aparatosos que sirven de pretexto para que unos cuantos invertidos den rienda suelta a sus instintos naturales adornados con artificios.

EMBRUJAMIENTOS, FILTROS Y BEBEDIZOS INFERNALES

El verdadero sentido de la Magia negra.—Sus métodos y sus hombres.—Entre la lujuria y la muerte.—El embrujamiento.—La figura de cera.—Difusión de esta práctica mágica.—Los maleficios de los congoleses.—El haz de leña y el retrato.—Un brujo moderno.—La manzana de Eva.—Las recetas de San Cipriano.—Para lo que valen los sapos.—Cómo se causa el "mal de ojo".—Los afrodisíacos y los venenos.—Las composiciones de los brujos.

No fueron sólo las misas negras los aspectos más terribles de la Magia negra, de la "Goecia" o la ciencia de los adoradores de Satanás: esa ciencia del mal es la que guiaba a los brujos en sus criminales operaciones de hechicería. "Su formulario es horrible; su arsenal es innoble. No se habla más que de hierbas venenosas, de flores que matan, de animales inmundos, de huesos robados al sepulcro, de grasas de cadáveres, de despojos de supliciados. Su escenario es la noche, en las horas fantasmales y prefiriendo las ocasiones en que se desencadenan los elementos, cuando el vendaval y la lluvia desarrollan todo su furor. Sus discípulos buscan, para las mágicas manipulaciones, el abrigo de los antros, las cavernas, las grutas, los subterráneos, los cementerios, los osarios, las ruinas de viejos castillos y conventos, los lúgubres parajes donde se levantan la picota y los patíbulos. A veces se ocultan en las sombras de los bosques, y verifican sus asambleas en alguna encrucijada que resulte tristemente célebre en los anales del asesinato. Y los auxiliares de la Goecia no resultan ser de condición más recomendable." "Los mágicos goéticos—dice Bonnamy—sólo se dirigen a las divinidades dañinas y alentadoras del vicio, para perjudicar a las personas y para infundir en ellas el transporte de las pasiones desordenadas. Lo propio en la teología pagana que en la magia, se admitió la influencia de divinidades que no solamente autorizaban el desarrollo de las pasiones, sino que recibían por condigno homenaje ciertos actos que eran lógico efecto de las aludidas pasiones. Las plegarias dirigidas a Venus y a Cupido para inflamar el fuego de un amor impúdico, benévolamente escuchadas, nos evidencian la conformidad de criterio entre la religión y los mágicos, quienes creían en la existencia de dioses a los que sólo se agrada por medio del crimen". (Laurent y Nagour.)

Luego, la Goecia no era más que una de las infinitas manifestaciones del crimen, porque a poco que repasemos los textos mágicos se advierte esa tendencia irrazonada y bestial a producir daños, a causar males, a oponerse a todo lo que prescindiendo de las leyes morales hemos de considerar como naturalmente moral y lícito.

La magia y la brujería vienen a ser lo mismo, aunque muchos autores pretendidos magistas se obstinen en establecer diferencias entre lo que se considera una ciencia y lo que ellos entienden por brujería. Lo mismo los magos que los brujos, son, por regla general, gentes sin conciencia, verdaderos criminales y encubiertos bandidos que trafican con la ignorancia, con las ambiciones, con la muerte, con el veneno y con todo cuanto de francamente detestable puede existir en la vida de relación de los seres humanos. Lo mismo unos que otros, mágicos y brujos, conocieron a la perfección los secretos de la toxicología, es decir, del arte de producir la muerte en una palabra, con lo que tuvieron aterrorizadas a las pobres gentes que veían en estos criminales a unos seres superiores capaces de los mayores desmanes. "Los guantes envenenados, las lámparas de luz mortífera, los libros de hojas contaminadas con las drogas más peligrosas, los saquillos mortales, los baños traidores, los afeites y pomadas mezclados con jugos ponzoñosos, aumentaban muy bien la eficacia de sus encantamientos, cuando era cuestión de deshacerse de un adversario, de un rival o de algún testigo peligroso... o pura y sencillamente, de abreviar el tiempo para recibir una herencia que tardaba en llegar más de lo previsto". (Laurent y Nagour.)

La ciencia de estos repugnantes seres estaba al servicio de quienes a toda costa se obstinaban en producir daños de cualquier clase, desde el "mal de ojo" hasta la muerte más horrible.

Las magas o brujas desarrollaron actividades inauditas para satisfacer los deseos de una clientela abundante y supersticiosa que no dejaba por eso de adorar a las divinidades celestiales, como lo prueba el hecho de que estos clientes no fueron brujos, es decir, renegados de la religión buena.

El embrujamiento consiste en ejercer a distancia la voluntad propia sobre una persona o cosa determinada. Según la teoría ocultista, el embrujamiento se opera por medio de la voluntad aplicada a ordenar a los fluídos del plano astral o a los elementos que en él habitan una dirección dada a fin de hacerles penetrar en el cuerpo astral del sér a quien se quiere embrujar. Esta es la definición de la alta magia, lo que no deja de ser una estupidez como casi todas las definiciones que de los aspectos de esa supuesta ciencia hacen sus perturbados y a veces miserables adeptos, refiriéndonos a los magos modernos.

Los embrujamientos de odio se han practicado siempre, lo mismo que los de amor, y a pesar de lo opuesto de ambos sentimientos, los métodos utilizados resultan comunes a ambos, cosa extraña pero que se explica perfectamente en las cuestiones de magia, si bien en el terreno de la lógica no es posible comprender tan chocantes manifestaciones.

En la antigüedad se hacían los embrujamientos por medio de una figura de cera con la que se quería representar a la persona sobre la cual habían de recaer las consecuencias del embrujamiento. Además, mientras se verificaban las operaciones, que por lo general consistían en fundir el monigote de cera, era preciso recitar unos versos dictados al efecto por la inspirada bruja. La figura de arcilla era el complemento, y la diferencia o el contraste estaban en que mientras el fuego derrite a la cera, endurece a la arcilla.

Es verdaderamente extraño que la tradición de los muñecos de cera y de arcilla se encuentre tan extendida en casi todo el mundo, pues lo mismo que se observó entre los antiguos asirios, egipcios, griegos y romanos, perdura en la Edad Media y se advierte en nuestros días entre los salvajes de algunas regiones de Asia y de Africa. Rochas dice que una bruja de Borneo hizo morir a una joven, rival suya, modelando su imagen de cera que expuso diariamente a la acción del fuego. "A medida que la muñeca se fué fundiendo, la pobre sentenciada, Lia, iba agotándose irremisiblemente".

Entre los mulsumanes la tradición se remonta a los tiempos más viejos de su historia. En los *Prolegómenos* de Ibn-Khadoum, secretario que fué de un rey de Granada, se contiene la narración de diversos hechos de esta naturaleza, de los que dice fué testigo. "Con nuestros mismos ojos hemos visto fabricar a un mágico la imagen de cierta persona que pretendía embrujar. Estas figuras se componen de cosas cuyas cualidades tienen determinada relación con los propósitos y proyectos del operador y las representan simbólicamente, con el objeto de unir y de desunir los nombres y cualidades de aquél que ha de ser su víctima. El mágico pronuncia en seguida algunas palabras sobre la imagen que ha puesto delante de él, y que ofrece la representación real o simbólica del individuo a quien se quiere embrujar; luego sopla lanzando de su boca un poco de saliva que ha acumulado y hace vibrar al propio tiempo los órganos que sirven para pronunciar las letras de esta fórmula malhechora. Entonces tiende por encima de esta imagen simbólica una cuerda que ha dispuesto con tal intención y hace en ella un nudo para significar que obra con firme propósito y persistentemente, y que hace pacto con el demonio que es su asociado en la operación desde el instante de haber escupido y para demostrar que obra con intención muy firme de consolidar el hechizo. A estos procedimientos y a estas palabras malhechoras va unida una mala intención que con la saliva sale de la boca del operador. Varios espíritus malos descienden al momento y el resultado es que el mágico hace caer sobre su víctima el mal que le desea."

Algo parecido, por no decir igual, se observa entre los negros "bakongos" del Senegal, cuya fe en la ciencia de los hechiceros supera a la que les inspiran las divinidades fetichistas o mahometanas, ya que éstos son los dos cultos preponderantes de estos salvajes.

Bien es cierto que los hechiceros no se prestan sino a muy buen precio y no a todos los que reclaman sus oficios, a practicar estas ceremonias con el fin de causar maleficios. Se sirven de las figuras, no de cera, sino de madera, a guisa de oráculo, especialmente para inquirir noticias que se relacionan con la existencia de las personas ausentes o presentes.

La madera que emplean para ello, es seguramente la del baobab o "árbol del pan" y a veces usan el boj, el tek u otras de mayor dureza. Los consultantes de los hechiceros, pretenden conocer el futuro más que precipitar los acontecimientos del presente. Es necesario advertir que los delitos contra las personas son muy raros entre los salvajes centroafricanos, pues creen que el espíritu del muerto a mano airada se encarga en la otra vida de atormentar al espíritu del matador. Esto no quiere decir que entre estas gentes no se desarrollen odios verdaderamente mortales, pero en este caso, se conforman con conocer el destino de la persona aborrecida, y sobre todo la fecha en que probablemente morirá, enfermará gravemente, morirán sus ganados, se quemarán sus cosechas, etc. En estas condiciones, el que por ejemplo quiere saber la fecha aproximada de la muerte de su rival o enemigo, encarga a un hechicero que le resuelva este problema ocultista. El mago talla en la madera elegida la figura de aquél sobre quien va a hacerse el presagio, y después de pronunciar unas palabras cuyo sentido no conoce nadie más que el mago, arroja a la llama producida por un fuego de hojas la figura del conjurado.

Como la madera es dura y el fuego débil, al cabo de un tiempo, que el mago fija siempre, se extrae la figura de la hoguera, y a juzgar por los destrozos que haya causado el fuego es como el hechicero establece el oráculo.

Si se trata de la muerte del ganado, la figura que se quema es la de uno de los animales, y si la consulta se refiere a las cosechas, entonces se opera con granos de trigo, de arroz, frutos, etc. Los hechiceros dicen que no quieren usar de sus poderes para causar el mal, porque al morir las personas su alma queda libre y sometida al poder del dios único, el cual se encarga de castigar a quienes no se han portado como es debido. No obstante, como quiera que las malas intenciones no son pecado, de aquí que los hechiceros estén dispuestos a satisfacer los malos deseos de sus clientes, siempre que lo paguen como es debido.

Esta conformidad no la encontramos entre los supersticiosos civilizados de la Edad Media, los cuales pretendían algo más que los indígenas congoleses sin que se detuviesen ante ningún obstáculo con tal de lograr sus intenciones. Por esta causa fué necesario que los brujos y brujas medievales aprendieran las artes de la magia desde su origen, y muy principalmente todo cuanto se refería a los venenos y al satanismo en los caudalosos grimorios de los más célebres mágicos de todas las épocas.

Aquellas magas introdujeron algunas modificaciones en los procedimientos primitivos para realizar los embrujamientos. Un método usado por la Brinvilliers, fué el de la quema de un haz de leña: la receta es así: "Echad en el fuego un haz de leña, incienso y alumbre mientras pronunciáis estas palabras: Haz, yo te quemo, esto es el corazón, el cuerpo, la sangre, el entendimiento, el movimiento, el espíritu de X (hombre o mujer). Que no pueda estar en reposo hasta la médula de sus huesos, permanecer en su sitio, hablar, montar a caballo, beber ni comer antes de que haya venido a satisfacer mis deseos."

Es probable que estos haces de leña se sometieran primero a cualquier ceremonia sacrílega de operaciones mágicas, tales como bautizarles, darles un alma, algo, en fin, por lo que pudiera dotársele de personalidad y sobre todo de sensibilidad. También se cree que a los haces de leña se unían cabellos y trozos de ropa pertenecientes a la persona a quien se quería maleficiar, lo que está demostrado que se practicaba con las figuras de cera, todo lo cual contribuía al mejor resultado del embrujamiento. Las manifestaciones de los mágicos más célebres coinciden en reconocer la gran eficacia de los embrujamientos efectuados a base de los cabellos de los interesados.

Modernamente, los embrujamientos ya no se efectúan ni con figuritas de cera ni haces de madera: la fotografía de la persona a quien se desee embrujar sirve para el caso perfectamente. No hace mucho tiempo un periódico publicó el siguiente anuncio: "Para hacerse amar locamente, conquistar a los hombres y dominar a las mujeres, escribid a Z... (aquí las señas completas)." Después de haber escrito a Z..., el mago contestaba en estos o parecidos términos: "Envíeme una relación detallada de las circunstancias de su caso, exponiendo en qué condiciones desea maleficiar a la persona deseada o en qué forma desearía ser amado por ella, adjuntando una fotografía de la misma que no podrá serle devuelta, puesto que la principal práctica mágica consiste en quemarla en condiciones especiales. Remítame también un mechón de cabellos de esa persona, un pañuelo, una cinta o cualquier prenda que haya usado, y remítame por giro postal la cantidad de diez pesetas, único desembolso que tiene que realizar, etc." El farsante adjuntaba un folleto en el que figuraban los testimonios de supuestas personas que habían recurrido a sus extraños poderes con éxito lisonjero.

"La teoría del embrujamiento mediante un retrato de la persona, no nueva del todo, se remonta a los tiempos de Paracelso, lo que ya le da una ancianidad respetable. El célebre esotericisa es el autor de la ley oculta que determina que una porción de la sensibilidad del sujeto se fija por radiación en la imagen del que se haga sobre un objeto cualquiera. Pegar en la pared, rajar una tela en la cual se hayan puesto retratos, vale, según Paracelso, para hacer sufrir a las personas representadas el contra-golpe de esas agresiones. Instintivamente, los embrujadores del siglo XIX tuvieron la intuición de esta teoría. Así las bellas cómicas y los tenores en boga, cuyos retratos campean en las vitrinas, los políticos, los literatos, los artistas célebres, los atletas, los soberanos, los jockeys, son objeto cada noche en sus efigies fotográficas de operaciones de magismo que ni remotamente se les ocurre sospechar jamás." (Nagour.)

Varias frutas han sido empleadas para producir embrujamientos de amor, entre ellas la manzana, puesto que fué utilizada por Eva para "provocar la gula" de su paradisíaco compañero. Un mágico dice: "La Clavículo exhorta, con el fin de que esta fruta sea soberana, a perfumarla, a aspersionarla antes de la recolección." Enseguida es necesario decir sobre ella: "¡Oh! Dios que hiciste a Adán y a Eva con los cuatro elementos; lo mismo que Eva comunicó positivamente a Adán el mal y le hizo caer en el pecado, igual ciertamente, quien coma esta fruta quedará para siempre sujeto a mi voluntad." Otro autor dice que a falta de manzanas podrán utilizarse otros alimentos, pronunciando sobre ellos esta fórmula execratoria recogida por Bois: "En cualquiera parte del mundo que estéis, y bajo cualquier nombre que me llaméis, yo os conjuro. Demonios que tenéis el poder de trastornar el corazón de los hombres y de las mujeres, por el que os ha creado y tiene el poder de destruiros, venid esta noche a estos alimentos, y sin demora influenciadles tanto como fuere preciso a fin de que adquieran la virtud de forzar al hombre o a la mujer que desee a que se supedite a mi amor."

Al mismo tiempo se usaron los amuletos, talismanes y filtros de que ya hemos hablado, pero gozaron de gran popularidad las recetas extraídas de los grimorios de la magia caldea y egipcia, de los que son muestra las que pasamos a reproducir, referentes todas a los poderes infernales. Lo más curioso es que fué un santo, San Cipriano, quien mayor propaganda hizo de estas recetas. Decía el santo en el libro de su historia como hechicero, que el sapo tiene una gran fuerza mágica invencible, "por cuanto el demonio tiene parte con él, desde el momento en que es la comida que Lucifer da a las almas que están en el infierno; veamos unos botones de la muestra de su estilo:

"Escoged un sapo de los mayores, que sea macho, si el hechizo es para hombre, y hembra si es para una mujer. Después que lo tuviereis seguro, cogedle con la mano derecha y pasáoslo por debajo del vientre cinco veces, diciendo mentalmente las siguientes palabras: "Sapo, sapito, así como yo te paso por debajo de mi vientre, así (el nombre de la persona que se quiera hechizar) no tenga sosiego ni descanso mientras no venga a mí de todo corazón y con todo su cuerpo, alma y vida." Dichas estas palabras, se coge una aguja de las más finas y se enhebra con una hebrita de seda verde, cosiendo con ella los párpados de los ojos del sapo, teniendo mucho cuidado de no ofenderle en las niñas, pues de lo contrario, la persona a quien deseéis hechizar quedaría ciega. Se cose solamente el pellejo que rodea a los ojos de abajo a arriba, a fin de que el sapo quede con los ojos escondidos, pero sin haber sufrido daño alguno."

Después de que se le hayan cosido los ojos al sapo, recomienda el santo que se digan estas palabras: "Sapo: por el poder de Lucifer, el príncipe de Belzebuth, te cosí los ojos, que es lo que debía hacer a (aquí se dice el nombre de la persona) para que no tenga sosiego ni descanso en parte alguna del mundo sin mi compañía y ande ciego por todas las mujeres (u hombres, según sea el sexo de la persona a quien se trata de hechizar). Véame únicamente a mí y en mí sólo tenga su pensamiento. Fulano (pronúnciese el nombre de la persona), aquí estás amarrado y preso sin que veas el sol ni la luna hasta que no me ames. De aquí no te soltaré; aquí estás cautivo, preso, así como lo está este sapo. La olla o vasija en que se coloque el sapo ha de contener un poco de agua, la cual se irá renovando todos los días con otra fresca."

Para hacer y deshacer un mal hechizo, según San Cipriano, es de resultados admirables tomar un sapo negro, y coserle la boca con hilo negro. Después hay que atar uno por uno los dedos del animal, formando una figura como la de un paracaídas, y luego se le cuelga ante la chimenea de modo que el sapo quede con la barriga hacia arriba. "A las doce en punto de la noche llámese al diablo (a Lucifer) a cada una de las campanadas del reloj, y después, dando vueltas al sapo, diránse las siguientes palabras: Bicho inmundo, por el poder del diablo, a quien vendí mi cuerpo y no mi espíritu, mándote que no dejes gozar de una sombra de felicidad sobre la tierra a (el nombre de la persona). Su salud la coloco dentro de la boca de este sapo y así como él ha de morir, así muera también (el nombre) a quien conjuro tres veces en el nombre del diablo, del diablo, del diablo."

El "sapo sapito" servía muy bien para toda esta suerte de embrujamientos. Cuando se trataba de deshacer un mal hechizo, entonces se le descosía la boca y se le daba a beber leche fresca de vacas durante una semana, tratándole a cuerpo de rey.

Cuando se trataba de causar un "mal de ojo", había que hacer todas estas cosas raras que recomienda San Cipriano: "Toma dos ojos de león macho (¡!) y ponlos a orear a la luz de la luna cuando esté en su cuarto creciente. Cuando estén bien oreados, ponlos en infusión con algunos granos de pimienta en una botella de vino blanco rancio, que dejarás al sereno, cuando la luna se halle en su cuarto creciente. Una vez verificada la infusión citada filtrarás el vino en un trapo finísimo y puro y le agregarás una cucharada de miel. Después permanecerás encerrado en una habitación donde no penetre la luz durante veinticuatro horas, al cabo de las cuales beberás un cortadillo del brebaje, elevando tu espíritu y pronunciando estas palabras: "Lucifer, Belzebuth, Astaroth, prestadme vuestro infernal poder contra (aquí el nombre de la persona a quien queráis causar el maleficio). Amén." Luego marcharás en su busca, con la mirada baja y procurando no mirar de frente a las personas a quienes no quieras causar mal, y al encontrarla la mirarás de frente durante algunos minutos, exclamando mentalmente: "¡Por vuestra virtud, Lucifer, Belzebuth, Astaroth, cúmplase mi deseo! Amén." Está probado que realizada esta experiencia en la forma apuntada, la persona contra la cual os hayáis dirigido, sufrirá inmediatamente los efectos de vuestros maleficio."

Los gatos negros sirven también para efectuar toda clase de maleficios infernales. "Cuando quisieras vengarte de un enemigo declarado y que él ignore tu venganza, puedes hacer lo siguiente: Atarás en un gato negro que no tenga un solo pelo blanco, en las patas traseras lo mismo que en las delanteras, una soga de esparto. Realizada esta operación, llevarás el gato amarrado a algún bosque o encrucijada de las más solitarias que pudieres hallar, y allí dirás lo siguiente: "Yo (aquí debe decirse el propio nombre), de parte de Dios omnipotente, mando que se me aparezca el demonio, so pena de desobediencia a los preceptos superiores. Yo, por el poder de la magia negra liberal, te mando ¡oh demonio!, Lucifer o Satanás, que te metas en el cuerpo de (aquí se dice el nombre de la persona a quien se desea hacer mal) a quien deseo causar mal, y asimismo te ordeno, en nombre de ese mismo Dios omnipotente, que no te retires de su cuerpo mientras yo no tenga nada que ordenarte y me hagas todo aquello que yo deseo, y consiste en (aquí se dice lo que se desea que haga el demonio). ¡Oh, gran Lucifer!, emperador de todo lo que es infernal, yo te prendo y te detengo, y te amarro en el cuerpo de (Fulano) en la misma forma que tengo preso y amarrado a este gato negro. Con el fin de que hagas todo cuanto quiero, te ofrezco este gato negro, y que te entregaré cuando hubieras realizado mis mandatos." Cuando el demonio haya desempeñado su obligación, acudes al sitio en que hiciste el conjuro y le dices dos veces consecutivas: "Lucifer, Lucifer, aquí tienes lo que te prometí", y seguidamente sueltas el gato."

Todos estos maleficios eran empleados por las mujeres que desdeñadas por un amante recurrían a la magia animadas por el deseo de hacer impotentes a sus esquivos adorados. El diablo no se prestaba siempre a estos juegos, puesto que tratándose de un gran lúbrico, no iba a ser tan injusto que realizase todo lo contrario de lo que fundamentalmente representaba su doctrina. Por esto se recurría, al mismo tiempo, a la intervención de los poderes celestiales, si bien parece un tanto extraño que Satanás hiciese caso de las órdenes o invocaciones en nombre de su enemigo, ya que ambos poderes, el celestial y el infernal se manifiestan siempre en una pugna profunda.

Los filtros también eran de amor o de odio; los primeros estaban compuestos a base de afrodisíacos, y los segundos no eran más que venenos casi siempre mortales.

Aunque como es natural, no era preciso asociar al demonio a estas maquinaciones, los brujos lo consideraban imprescindible, más que nada con el fin de sostener su prestigio entre las gentes que acudían a ellos ávidas de proporcionarse los elementos necesarios para el logro de sus planes.

Las recetas de esos bebedizos infernales no se encuentran en los grimorios ni en las narraciones de los mágicos, en primer lugar, por su carácter casi siempre criminal, y además, porque la confección de esos preparados afrodisíacos o mortales eran los más graves secretos de los alquimistas y en los que se contenían las razones de su prestigio, de su poder y de sus influencias. Eran hombres temidos lo mismo por la Iglesia que por los adoradores de Satán, pues se creía de ellos que tenían pactos secretos con los poderes del cielo y con los del infierno.

Casi todos los venenos que entraban en la composición de los filtros de odio, procedían de los tratados de magia egipcia contenidos en los célebres papiros que descifraron los egiptólogos. Los magos preparaban los venenos de tal forma, que no era posible darse cuenta de la presencia del tóxico hasta que no había producido sus efectos. Poseían un secreto para envenenar los huesos sin que se notase en la cáscara la huella de la necesaria perforación para introducir el veneno.

La toxicología moderna, más conocida de los criminales que de los hombres de ciencia en lo que se refiere a los productos destinados únicamente a causar la muerte, no registra muchos venenos usados por los hechiceros infernales de la antigüedad, especialmente en los siglos XVI y XVII más que en la Edad Media. Se han perdido las recetas de esas composiciones que servían para emponzoñar una flor, de tal forma, que la aspiración de su aroma producía la muerte, a veces con una rapidez inusitada. Otro tanto debe decirse de los venenos utilizados para convertir un simple guante en un arma terrible de venganza y otros procedimientos parecidos.

Los bebedizos a base de la ponzoña de ciertas serpientes, sapos e insectos constituyeron una gran parte del arsenal secreto de los laboratorios de los brujos. No obstante, como decimos, no revelaban a nadie el verdadero secreto de sus infames composiciones que ocultaban bajo fórmulas que realmente eran inofensivas. No se comprende, por ejemplo, que pudiera ser venenoso un bebedizo compuesto a base de agua de lluvia de mayo, en la que se hervían ojos de gato, trozos de ala de dragón pequeño (el murciélago), habas y medula de pie de ciervo. Todas estas sustancias no tienen nada que ver con la toxicología; pero es lo cierto que la Brinvilliers y otras brujas por el estilo prepararon pócimas que, bajo esa apariencia inofensiva, producían la muerte de una manera casi fulminante.

En cuanto a los afrodisíacos, la cantárida parece ser la droga más empleadas por aquellos miserables, así como la estricnina, la canela, la menta y algunos productos más o menos eficaces en la producción de efectos afrodisíacos. Al mismo tiempo, se conocieron los anafrodisíacos, especialmente el alcanfor. Pero de todas formas, estos filtros y bebedizos se disfrazaban siempre, por cuya razón, si algún crédulo pretendía confeccionarlos con arreglo a las falsas recetas facilitadas por los hechiceros, huelga decir que no obtenía el menor éxito, lo que naturalmente le obligaba a recurrir a los magos los cuales comunicaban el necesario poder a sus preparados tanto en virtud de sus especiales condiciones infernales, como a causa de la recitación de fórmulas y conjuros, puros "camelos", que jamás podían ser traducidos ni comprendidos por los supersticiosos clientes. Claro está que ya se las arreglaban de manera de poder mezclar en el bebedizo el elemento activo, sin que el demandante se diese cuenta de tan imprescindibles maquinaciones.

Así, pues, todas aquellas gentes que cultivaron la Goecia, no eran más que verdaderos hatos de criminales disfrazados de hombres de ciencia, pero con un poder extraordinario sobre los pobres diablos que, temerosos de perder su popularidad infernal, no hacían más que lo que los hechiceros disponían para asombrar al vulgo, o por mejor decir, a la humanidad entera que durante muchos siglos vivió sometida al dominio de los brujos, administradores de los intereses de Satanás.

Claro es que no actuaron sin riesgos, puesto que la Inquisición les persiguió con una saña tan feroz como justificada, ya que los magos no se limitaban a practicar la ciencia goética en su aspecto ocultista, sino que aparte de todas las abominaciones y sacrilegios en que se especializaron, cometieron crímenes tan repugnantes como los que tenían lugar en las misas negras y en los diversos actos que constituían los ritos del culto al príncipe de los infiernos.

Demonio llevándose a un niño prometido al diablo. Grabado medieval

LA LUCHA CONTRA LOS HECHICEROS

> La Iglesia contra Satanás.—La reina Constanza y su confesor.—La justicia de la Inquisición.—El atentado contra Luis XV.—Un proceso célebre.—El diablo regicida.—El tormento de los "brodequines".—Ejecución de Damiens.—El descuartizamiento.—La gota de agua.—La prueba del estanque.—Las estaquillas entre las uñas.—Martirios sexuales.—Un tratado del martirio.—Los autos de fe.—El exorcismo.—La intervención de la ciencia.

La pugna entablada entre los poderes celestiales y los de Satanás duró bastantes años. La opresión de la mujer por la Iglesia fué lo que determinó la resurrección del paganismo de la antigüedad en la forma de la adoración a Satanás y a todos los personajes de su corte infernal.

Pero la Iglesia no podía tolerar tantísimos desmanes, no ya porque afectasen al prestigio de la religión instituída, sino porque los actos de hechicería, como hemos visto, iban acompañados de toda clase de repugnantes crímenes ejecutados por los fanáticos adoradores del diablo mucho más inhumano y feroz que el mismo Jeovah de los hebreos.

Los tribunales de la Inquisición no tuvieron cárceles donde poder albergar a los numerosos acusados de hechicería que caían en poder de los esbirros eclesiásticos. Aquellos terribles autos de fe en los que ardieron muchos infelices, sirvieron de ejemplar castigo de otros auténticos malhechores que no cometieron más que asesinatos en nombre de Satán. Estos herejes no se arrepentían siempre de sus crímenes, con lo que acaso hubieran conservado la vida, sino que en la ciega creencia de que el verdadero paraíso estaba en los infiernos, nada les importaba perecer en medio de aquellos atroces martirios cuando al final de la vida empezaba una existencia más feliz en su mejor elemento, libres de las persecuciones, de los castigos y de la Iglesia.

En una de las *Actas* se refiere que en el siglo XII fueron apresados numerosos herejes. "Durante varias horas se intentó en vano que los herejes se arrepintieran de sus errores. Con férrea tenacidad se negaron a seguir los buenos consejos... Se les obligó a salir de la guarida que ellos llamaban su templo, y por indicación del Rey Luis VII, su esposa Constanza de Castilla, Reina de Francia, acudió a la puerta de esta guarida para impedir que el pueblo, indignado al ver tanta contumacia, destrozara a los herejes. Fueron éstos encerrados en varias cabañas fuera de la ciudad y quemados vivos." Se añade que entre los adoradores de Satanás se encontraba un sacerdote llamado Esteban, que había sido confesor de la Reina. Cuando Constanza le vió pasar, no pudiendo contener su indignación, alzó en el aire un bastoncillo que llevaba en la mano y lo hundió con toda su fuerza en un ojo del hereje, vaciándoselo. Al acto de la quema de todos aquellos demonólatras, entre los que había personas muy conocidas de ambos sexos, asistió el pueblo entero que celebró el castigo dando grandes muestras de júbilo. A partir de entonces, puede decirse que la hechicería sufrió un golpe de muerte cuyos efectos duraron bastantes años, aunque mucho después las supersticiosas gentes siguieron practicando sus ritos en lugares ocultos.

Los hombres de ciencia fueron perseguidos por los esbirros inquisitoriales, porque sus descubrimientos e invenciones no se consideraban como muestras de la inteligencia humana, sino más bien como actos que obedecían a las inspiraciones de Satanás.

Especialmente los sabios dedicados al estudio de la astronomía, fueron los que con mayor saña combatieron los inquisidores. No era posible inventar nada que se refiriese, por ejemplo, a la navegación, pues todo aquello que se relacionaba con las ciencias físicas servía de pretextos a los inquisidores para asegurar que el inventor obraba en virtud de los pactos que tenía firmados con el diablo.

En los procesos que se seguían contra los brujos convictos y confesos de haber realizado prácticas de hechicería como contra los infelices de quienes sólo se tenían sospechas más o menos fundadas, los inquisidores demostraron la incultura más completa. Hubo muchos religiosos que fueron célebres hombres de ciencia, los cuales tuvieron que abandonar los hábitos perseguidos por la Inquisición y muchos pagaron en la hoguera el horrendo delito de haber realizado cualquier descubrimiento útil a la humanidad.

Pero si es cierto que se cometieron todos estos errores, no cabe duda que los tribunales inquisitoriales realizaron muchos actos de justicia castigando crímenes de una ferocidad inaudita cometidos por los hechiceros y adoradores de Satanás.

Uno de los más célebres procesos que registra la historia fué el de Damiens, un pobre diablo francés que atentó contra la vida de Luis XV en el año 1757, acto que fué atribuído por el vulgo a la inspiración del mismísimo Satanás.

Damiens produjo al rey un levísima herida en el costado derecho que no revistió importancia, según el dictamen del doctor de La Martiniere, médico de cámara. Pero el monarca, como todos los cobardes que no tienen la conciencia tranquila, creyó que se moría y pidió la confesión.

El regicida fué sometido al previo tormento de quemarle las plantas de los pies para que confesase quienes habían sido los instigadores del crimen, pero esta crueldad resultó inútil, porque el infeliz afirmaba que lo había hecho "a causa de la religión", agregando siempre muy sereno que "no diría una palabra más aunque se le llevase al infierno".

Los jueces extremaron sus crueldades con el procesado, pero este parecía insensible a los tormentos, hasta el extremo de que no comprendiéndose que un hombre pudiera mostrar tanta resistencia al dolor físico, no se halló mejor explicación que dar fe ciega a la creencia de que Damiens era el mismo Satanás que había atentado contra la vida del rey. No obstante, el poder del demonio disminuyó en el ánimo de aquellas gentes tanto como creció el que se atribuía al rey.

El regicida fué conducido de Versalles a París, tomándose infinitas precauciones. Se le encerró en un calabozo de la Conserjería con guardia de vista para impedir que consumase el suicidio que ya intentó en Versalles retorciéndose los testículos. La consecuencia de esta tentativa fué una orquitis traumática que le duró bastante tiempo. Un médico y un cirujano le visitaban tres veces al día prodigándole cuidados, a fin de prolongar todo lo posible la vida de Damiens, es decir, de Satanás, según la opinión de aquellas gentes supersticiosas, "haciendo más duraderos y más crueles los dolores sin correr el riesgo de que el condenado sucumbiera o que la violencia de los castigos le hiciera perder el conocimiento o amenguara su sensibilidad". El martirio que sufrió durante dos meses, consistió en permanecer de espaldas sobre un duro camastro y atado con gruesas cadenas y argollas de hierro.

Por indicación de los facultativos que no tenían misión más noble que la de conservar la existencia del reo para que sufriera, se aplicó al regicida el tormento llamado de los *brodequines*, el menos peligroso para la vida y que no exponía a accidentes mortales. Consistía en encerrar los pies, las pantorrillas y las rodillas entre cuatro fuertes tablas de encina, dos delante y dos detrás que se ataban sólidamente con cuerdas muy resistentes, introduciéndose luego varias cuñas a golpes de mazo. Esta presión desgarraba la carne y rompía los huesos. También se le envolvieron las piernas en una piel fresca muy apretada que se hacía desecar rápidamente por medio de un fuego intenso. Al contraerse esta especie de calzado, la presión producía al condenado dolores horribles, pero procuraba conservar un gesto de impasibilidad que animaba a sus verdugos a idear nuevos tormentos.

No obstante, el procedimiento de los brodequines le produjo desmayos, interrumpiéndose entonces el tormento hasta que recobraba la sensibilidad para reanudarlo después. Se le atormentó inútilmente, puesto que no llegó a confesar ni una sola palabra acerca de los móviles que le habían inducido a atentar contra la vida del monarca, y por fin, a los tres meses llegó el día de la ejecución que había de ser llevada a cabo por veinte verdugos.

Según un testigo, el acto se realizó de la siguiente manera: "Mientras se le desnudaba miró Damiens con ojos curiosos los terribles aparatos del suplicio sin hacer el menor caso de los dos teólogos verbosos que le exhortaban a ponerse a bien con Dios. Cuando se le arremangó la camisa, que se le puso recogida como a los Cristos encima de las vergüenzas (sic), quedó al descubierto un cuerpo rollizo y blanco, que hubieran envidiado muchas mujeres. Se ordenó al reo que se tendiera en el suelo, donde quedó bien sujeto con correas y argollas de hierro. A la mano derecha se ató con una cuerda la navaja regicida. Se le hizo meter la mano en un perol con azufre hirviendo. Con la cabeza apoyada en una almohada de paja, se dejó quemar la mano sin articular una queja; duró el suplicio cinco minutos. El verdugo de Orleáns procedió entonces al atenazamiento de la carne, recorriendo en un instante los brazos, el pecho y las piernas. El verdugo de París iba indicando los sitios en que debía profundizar las tenazas y el de Lyon se aplicaba a verter en las sangrantes heridas una mezcla hirviente hecha de aceite, plomo fundido y resina. Cada vez que la cortante tenaza rasgaba la carne, dejaba escapar el desdichado un lastimero quejido, pero, como había hecho al quemársele la mano, cesaba luego su queja y contemplaba la herida con ojos casi serenos. Esta extraordinaria insensibilidad la conservó Damiens hasta el último momento.

"Se procedió a la ligadura de los brazos y las piernas, indispensable preludio del descuartizamiento. Esta preparación, aunque larga y dolorosa, produjo los mismos efectos que las precedentes, es decir, que arrancaron nuevos gritos al paciente, pero sin impedirle el deseo de contemplar su propio tormento con curiosidad que a todos produjo asombro.

"Se le ató, en la forma acostumbrada, a cuatro caballos, que intentaron arrancar en dirección distintas; los músculos del reo se distendieron, pero sin sufrir la menor laceración. Durante una hora se intentó en vano el descuartizamiento. Damiens miraba con ojos serenos a los caballos que, fustigados con crueldad, se esforzaban en ganar terreno.

"Los médicos y los cirujanos hicieron observar a los comisarios que era imposible lograr el descuartizamiento, si no se facilitaba la acción de los caballos cortando los nervios principales. El verdugo de París hizo esta amputación, con la que, al fin, se logró la separación de los miembros. El desdichado Damiens vivía aún en el momento en que se le arrancó el último miembro, por lo que es muy verosímil que no estuviera completamente muerto cuando se le arrojó a la hoguera, donde las llamas acabaron de dar satisfacción a la venganza pública."

La gente que presenciaba la horrible escena, creyó sinceramente que hasta el último instante de su vida, el reo estuvo protegido por los genios infernales, aunque muchos creyeron que Damiens y Satán eran la misma persona.

El doctor Escalante, comentando la narración precedente, dice: "Hoy que la ciencia tiene elementos de juicio para explicar con admirables hipótesis el acto de un pobre enfermo mental, y el agotamiento rápido de su facultad de sentir el dolor que asombraba a sus verdugos, sólo queda como obra del demonio en este terrible drama, el ensañamiento con que los jueces brutales procedieron contra un loco; la insensibilidad rencorosa de un rey cobarde y la estúpida curiosidad sadista y torpe (1) de los cortesanos serviles y del vulgacho rastrero. (*Satanismo erótico*.)

---

(1) El lascivo abate Casanova refiere en sus famosas Memorias que asistió a la terrible muerte de Damiens. Mientras él seguía curioso las espeluznantes peripecias de la larga ejecución, un su amigo—italiano por más señas—se ocupaba suciamente en sodomizar, sin previa insinuación ni aviso, a una *dama*. Esta sufrió el inesperado ultraje sin apartarse de la ventana, en que reclinaba el pecho, para no perder detalle de la tortura, descuartizamiento y muerte del

La impresión de los jueces y de una gran parte de la opinión, era la de que los instigadores del atentado habían sido los eclesiásticos, extremo que no fué posible aclarar. No obstante, como quiera que aunque las sospechas fuesen ciertas, el clero tenía que demostrar todo lo contrario, algunos de los instrumentos que sirvieron para torturar a Damiens fueron facilitados por los inquisidores, que en este punto de inventar martirios no fueron superados por los verdugos más malvados. Los calabozos inquisitoriales guardaron un verdadero arsenal de instrumentos de tortura de los que aun se conservan muchos en algunos museos y en ciertos conventos. En el museo de Nuremberg se conserva una abundante colección de instrumentos de tortura que parecen inventados por el sádico más refinado. A la vista de todos estos aparatos se adquiere una idea completa de lo que debieron ser los procesos inquisitoriales de hechicería, cuyos martirios no son superados por todos los refinamientos de los verdugos chinos, famosos por los refinamientos de su crueldad.

El tormento más "humano" o el menos leve y más simple, consistía en amarrar al condenado a un poste de forma que la cabeza no pudiera hacer ningún movimiento. A una altura suficiente se colocaba una lata llena de agua en cuya base se había practicado un orificio tan pequeño que sólo dejaba salir una gota de cuatro en cuatro segundos que iba a caer sobre la cabeza del supliciado en el mismo punto siempre.

Este tormento, que al parecer resulta poco menos que inofensivo, producía al desgraciado tan terribles dolores de cabeza, que muchos terminaron locos a consecuencia de ese traumatismo constante.

Los acusados de hechicería eran sometidos a diversas pruebas antes de ser atormentados. Una de las pruebas consistía en introducirles completamente desnudos y con los pies y las manos atados en un recipiente de agua suficientemente grande. Si permanecía en el fondo y moría por asfixia, se probaba su inculpabilidad y en este caso no había más remedio que lamentar la muerte de un inocente. Si subía a la superficie, ello probaba de una manera indudable que tenía pacto con el diablo, y por lo tanto era sometido a los tormentos de ritual. Ahora bien, cuando por un verdadero milagro el supuesto hechicero era extraído con vida del fondo del estanque, se le encerraba en prisión hasta que le desapareciera la marca del diablo. Estas marcas eran

---

regicida. Nadie—sin excluir la ofendida—pareció advertir la torpe escena, que Casanova refiere como cosa natural, sin demostrar sorpresa y mucho menos indignación. (Doctor Escalante, obra citada.)

una verruga, una mancha de la piel, un lunar cualquiera: siempre había algún detalle al que poder traducir como la marca satánica.

Los verdugos y sus ayudantes, que por lo general eran eclesiásticos sin ordenar, se entregaban con sus víctimas a toda clase de actos con tal de producirles dolores. Casi todos estos criminales eran perversos sádicos que daban muestras de la más espantosa lubricidad, sobre todo cuando se trataba de inferir tormentos a las mujeres.

Cuando algún desgraciado acababa por confesar crímenes que no había cometido con el fin de librarse del martirio, era enviado a la hoguera después de haber sido atenazados sus miembros con tenazas puestas al rojo. En las hogueras se tenía especial cuidado de alimentarlas con poca leña, a fin de que los condenados murieran a fuego lento.

El procedimiento de las estaquillas en las uñas de las manos y de los pies, era otro de los "aperitivos" administrados a los sospechosos de brujería por los infames inquisidores. El condenado era atado a un poste en el suelo de manera que no pudiese mover los pies ni las manos, y mientras un inquisidor hacía el interrogatorio el verdugo introducía entre las uñas del infeliz unas cuñas de madera. Pocos supliciados resistían este tormento sin desmayarse, pero no por eso inspiraba más compasión a sus verdugos. Tan pronto como recobraba el conocimiento se reanudaba el suplicio.

Tormentos sádicos, puede decirse que lo eran todos. Pero había otros que pudiéramos denominar completamente eróticos o sexuales, consistentes en aplicar los castigos localizando la zona de martirio en los órganos genitales. A los hombres se les retorcían los testículos o se le arrastraba por el suelo atados de pies y manos, tirando de una resistente cuerda anudada a los órganos genitales. Otras veces se les destruían las glándulas o se les cortaban para servírseles después cocidas como único alimento. Las inmundas comidas que se daban a los presos de la Inquisición se condimentaban excesivamente saladas, a fin de hacer de la sed un nuevo tormento. Cuando se temía por la vida del condenado o éste se hallaba enfermo y no convenía que muriera, se le daba a beber aguas sucias con materias fecales, o también orines propios.

Algunos verdugos estaban especializados en lo que llamaban "cópula de Satanás". Este tormento consistía en introducir un hierro candente en el ano del condenado en el que a continuación satisfacían los verdugos sus impulsos sodomíticos.

Las mujeres no eran tratadas con mayor delicadeza. La que entraba virgen en los calabozos inquisitoriales dejaba de serlo durante la noche en los lechos de los inquisidores o sobre el suelo de las celdas bajo las brutales caricias de los verdugos. Los mayores refinamientos sádicos eran practicados por aquella trahilla de malhechores con hábito, los cuales cometían con las supuestas brujas toda clase de horrores sexuales.

Todas estas atrocidades perpetradas en nombre de la religión están descritas y hasta justificadas en el libro más repugnante y terrible que la literatura mundial posee a este respecto, y en comparación del cual toda la obra del marqués de Sade, según dice un autor, "parece una narración infantil". Se trata del *Maleus maleficarum* de Enrique y Jacobo Strenger, editado en 1487. Es un magnífico compendio para los jueces eclesiásticos y laicos de aquellos tiempos de la Inquisición, pues en la obra se encuentra la justificación de los instintos sádicos más horribles. Los autores tratan con todo lujo de detalles las ceremonias sexuales de los demonios con todos los vicios que se atribuyeron a los brujos adoradores de Satanás. Describir los actos más abominables y abyectos de la sexualidad, parece la preocupación principal de esos autores para llegar a la conclusión de que los suplicios aplicados a los hechiceros era una obra bendecida por Dios.

Cualquier sospecha era más que suficiente para precipitar a las gentes en los calabozos inquisitoriales. El famoso hombre de ciencia inglés Bacón, al que se atribuyó la invención de la pólvora y del telescopio, permaneció en los calabozos inquisitoriales una gran parte de su vida, porque sus inventos fueron algo tan extraordinario que no se creía pudieran realizarse si no era con la ayuda de Satanás.

Los feroces tribunales de la Inquisición no se detenían ni ante la muerte. Muchas personas que murieron de muerte natural y que fueron acusadas de haber practicado la hechicería, merecieron castigos tales como el descuartizamiento y la hoguera que es donde se convertían en cenizas aquellos cadáveres.

Los autos de fe se celebraban casi siempre para quemar a numerosos supuestos hechiceros. "Eran juzgados los hechiceros en masa —dice Michelet—y condenados por una palabra. Jamás hubo prodigalidad de vidas humanas comparable a ésta. Sin hablar de España, tierra clásica de las hogueras a la que no iba nunca el moro ni el judío sin la bruja, se quemaron siete mil en Tréveris y no sé cuantas más en Tolosa; quinientas en Génova, sólo en tres meses (1513); ochocientas en Wurtzburgo, casi en una hornada; mil quinientas en Bamberga (dos reducidos obispados); el mismo Fernando II, el devoto, el cruel emperador de la guerra de treinta años, tuvo que vigilar de cerca a aquellos santos prelados, que tenían, al parecer, la buena intención de purificar en el fuego a todos sus vasallos. Encontró en la lista de Wurtzemburgo un hechicero de once años que estaba en la escuela y una hechicera de quince; y en Bayona dos de diecisiete diabólicamente bellas... Las acusadas siempre que pueden evitan la tortura dándose la muerte por su mano. Remy, el juez de Lorena, que había quemado ya ochocientas, se vanagloria del terror que producía su crueldad: Mi justicia es tan buena, dice, que quince hechiceras apresadas el otro día, no quisieron esperarla y se suicidaron."

Un jesuíta llamado Martín del Río, fué uno de los más feroces inquisidores y al que se debe la invención de numerosos suplicios e instrumentos de tortura que funcionaron en España más que en cualquiera otra parte del mundo.

Cuando la sospecha de hechicería recaía sobre un personaje de calidad, no se le mandaba a la hoguera ni se le aplicaban esos siniestros castigos de que hablamos, sino que se recurría a la piadosa ceremonia del exorcismo. Esta era practicada con toda solemnidad por los eclesiásticos, los cuales, a fuerza de rezos y aspersiones de agua bendita acaban por sacar al endemoniado "el demonio del cuerpo". Los religiosos, los prohombres y otras personas influyentes que no eran más que desequilibrados o perturbados más o menos peligrosos, ya que realizaban una vida casta y con arreglo a los métodos impuestos por las autoridades de la Iglesia, tan pronto como experimentaban una inquietud cualquiera o un malestar extraño, o también si soñaban con demonios o brujas, no tenían inconveniente en reclamar la exorcización plenamente convencidos de que el diablo andaba por los alrededores de su persona para tentarlas u obligarles a cometer actos ofensivos para la religión.

En virtud de estas espontáneas confesiones, muchos desdichados fueron a dar con sus huesos en los calabozos inquisitoriales. Otros fanáticos adoradores de Satanás no tuvieron el menor reparo en confesar que habían realizado pactos con el diablo, dando todo género de detalles acerca de sus relaciones con los infernales personajes. La finalidad que perseguían animados de la vanidad, no era otra sino la de ganar el cielo de los demonélatras, que es el infierno de los creyentes en las divinidades buenas.

Esta pugna entre los dos poderes que se tradujo en una lucha feroz y encarnizada, si es cierto que ensangrentó el nombre de Dios, en cuyo nombre se cometieron tantos excesos, no es menos verdadero que terminó por el triunfo de la Iglesia, cuyos inquisidores se humanizaron bastante en los postreros tiempos, ya que entonces se empezó a dar oídos a las manifestaciones de los hombres de ciencia, especialmente los médicos, los cuales descubrieron que el motivo de una gran parte de los actos atribuídos a la inspiración de Satán, no eran más que el resultado del terror sembrado por los verdaderos brujos y por la misma justicia de los inquisidores dando lugar a verdaderas epidemias histéricas y al desequilibrio colectivo de grandes masas de personas sometidas de continuo a la acción de tremendas excitaciones y al imperio de las supersticiones más extrañas, que no son, al fin y al cabo, más que las formas de manifestarse ciertas psicopatías.

Made in the USA
Las Vegas, NV
23 March 2025